ReFoundation
Un Romanzo di Fantascienza

Richard G. Hole

Fantascienza e Fantasy

SINOSSI

Percorse una cinquantina di metri in quel labirinto di foglie giganti.

Improvvisamente udì uno strano ronzio e istintivamente alzò gli occhi in aria.

Tra le fitte rocce si levava in aria un manufatto di forma tondeggiante, leggermente conico nella parte superiore.

La visione fu fugace, molto fugace, perché il disco si perdeva nelle alture, scomparendo alla sua vista, nonostante non una sola nuvola offuscasse l'azzurro del cielo.

Come pietrificato, rimase immobile.

Da dove veniva questo?

Ascoltò il silenzio. Un terribile silenzio che ha segnato l'immensa solitudine della piantagione...

ReFoundation è una storia appartenente alla serie Science Fiction, una raccolta di romanzi di fantascienza e fantasy

REFOUNDATION

CAPITOLO I

Era l'anno solare 28930 per la ReFoundation.

La fattoria era un'immensa pianura che si perdeva all'orizzonte. Era perfettamente seminato e la sua estensione, molto maggiore di alcune delle antiche nazioni del pianeta, dando così un'idea dell'opulenza del suo proprietario.

Allton possedeva tutto. Uomo ricco e influente in tutti i campi.

Adesso era lì, accanto al veicolo che gli serviva per ispezionare personalmente i terreni in compagnia del suo caposquadra Jonnasson.

Se il proprietario era un individuo alto e altezzoso, Jonnasson lo superava in numero e peso. Era un vero colosso, che come il suo proprietario era perfettamente armato. Una specie di fucile luccicante a quattro canne pendeva dalla sua spalla destra. Una pistola piatta color argento riposava in una fondina tipo sotto l'ascella.

Le stesse armi erano portate dal signor Allton, che stava discutendo con un uomo di statura normale, sebbene avesse una strana particolarità: i suoi occhi. Occhi profondi, incisivi che non sembravano quelli normali degli abitanti della White ReFoundation quando sono stati osservati.

"Non so chi sei", ringhiò Allton, "ma hai aggirato tutti i divieti di entrare nelle mie terre, e questo è severamente punito.

Quello con gli occhi profondi sorrise come se avesse appena sentito delle sciocchezze uscire dalle labbra di un bambino.

"Lei è troppo condiscendente, signor Allton", ribatté il caposquadra. Nel tuo dominio tu sei la legge. Dammi un ordine e punirò l'intruso.

"Perché non si calmano?" Sorrise lo straniero. "Non capisco le proprietà, e ci sarebbe molto da discutere su questa terra, ma non voglio farlo e me ne andrò quando ne avrò voglia.

«Ha sentito questo, signor Allton? "Il caposquadra è diventato impaziente." Sopra è insolente. Allton sbuffò.

"Chi sei? Chi ti ha mandato?

"Non devo rispondere alle tue domande. E lasciami in pace" rispose l'altro.

"So chi è. Dev'essere di quella setta che chiamano... "Gli ispettori". Credevo che li avessero già sterminati tutti, ma vedo che rimangono ancora. me.

"Sta solo dicendo sciocchezze. Quel dannato pianeta sarà sempre in pannolini finché esisteranno tipi come te.

«Basta! Sono già stanco di sentirti. Lo arresterò e lo consegnerò alle autorità perché lo facciano parlare. Hanno i mezzi.

E mentre lo diceva, Allton estrasse la pistola, ma prima che potesse usarla, una strana arma apparve nella mano destra dell'uomo dagli occhi profondi.

Al caposquadra sembrava che fosse come una pistola, nonostante la sua straordinaria piccolezza.

Tutto è successo così rapidamente che l'agricoltore non poteva rendersi conto di cosa stava succedendo, perché ha ricevuto uno shock silenzioso. Un impatto che cominciò a bruciargli dentro.

Sapeva che stava morendo, ma non aveva nemmeno il tempo di urlare.

Il caposquadra rimase a bocca aperta.

"Signor Allton!" grido.

La pistola dell'altro era di fronte a lui.

"Vattene, se non vuoi che succeda lo stesso a te! Vattene ho detto!

Jonnasson era un uomo coraggioso. Coraggioso oltre ogni immaginazione, ma qualcosa ha fermato i suoi impulsi. Aveva letto la morte negli occhi strani dello sconosciuto, ed era paralizzato, provando persino uno strano senso di impotenza, come se per poche piccole frazioni di tempo le sue membra si fossero impigliate.

Poi ebbe l'idea che lo sconosciuto stesse scomparendo. Credeva addirittura che fosse svanito, ma la verità è che avrebbe potuto mimetizzarsi tra le foglie alte che producevano i semi alimentati con fertilizzanti sintetici, di cui poteva rifornirsi quasi l'intera nazione.

Ha iniziato a muoversi con l'idea di perseguire l'assassino del suo datore di lavoro.

Percorse una cinquantina di metri in quel labirinto di foglie giganti.

Improvvisamente udì uno strano ronzio e istintivamente alzò gli occhi in aria.

Tra le fitte rocce si levava in aria un manufatto di forma tondeggiante, leggermente conico nella parte superiore.

La visione fu fugace, molto fugace, perché il disco si perdeva nelle alture, scomparendo alla sua vista, nonostante non una sola nuvola offuscasse l'azzurro del cielo.

Come pietrificato, rimase immobile.

Da dove veniva questo?

Ascoltò il silenzio. Un terribile silenzio che scandiva l'immensa solitudine della piantagione.

Era convinto che l'assassino del suo datore di lavoro non fosse più lì, ma fosse a centinaia, migliaia di chilometri di distanza.

Prima del buio e dopo aver dato la notizia alla radio portatile che ogni cittadino della White ReFoundation possedeva per uso privato, gli elicotteri a reazione della polizia erano giunti sul luogo del delitto.

Sei sicuro di cosa dice? Chiese l'ispettore capo della sezione.

"Completamente, signore. Quell'uomo è scappato in un'auto da corsa di quelle che si vedono solo nelle storie di fantasia. Era là fuori, tra i campi.

L'ispettore capo della sezione ha ordinato un raid. Una dozzina di uomini hanno ispezionato a fondo l'intera area, ma i risultati sono stati negativi.

«Sei sconvolto, Jonnasson. Non c'è la minima traccia che un apparato, di qualunque tipo, sia caduto a terra. A parte le impronte, avrebbe distrutto le foglie. Troveremmo decine di indizi, e non ce ne sono.

"Ti ho detto la verità! "Affermato il caposquadra." Tutta la verità... E ti assicuro che non sono arrabbiato.

«Be', Jonnasson, dovrai venire al quartier generale per firmare la tua dichiarazione.

L'indagine sulla scena del crimine è stata momentaneamente conclusa, anche se l'ispettore capo ha lasciato alcuni uomini di guardia come una semplice routine.

Il corpo dell'ex onnipotente Allton è stato prelevato su una barella e caricato su un elicottero per essere portato in ospedale.

"Vai avanti" ordinò l'ispettore capo. Resterò a parlare con la famiglia. Sarà un duro colpo per la povera Gena.

* * *

L'uomo dagli occhi profondi osservava attraverso uno schermo la scena avvenuta nella casa del contadino morto.

Vide una giovane ragazza, dagli occhi grandi e belli, che dopo aver ricevuto la notizia si mise a piangere. Quegli occhi femminili, con le lacrime, sembravano ancora più belli.

Il poliziotto, nella classica divisa nera fino al collo, allacciata con una cerniera vegetale e lo stemma del corpo a forma di aquila, entro un cerchio, sul lato destro, diceva:

"So che questo è un momento doloroso per te e che tua madre è molto delicata, ma devi farle alcune domande sul suo caposquadra.

Cercò di ricomporsi:

«Ispettore Molter, mia madre non deve sapere nulla al momento. Come hai detto, è molto delicato. A poco a poco cercherò di dirtelo. Ora sarebbe un colpo troppo duro.

"Lo capisco.

Chiedi quello che vuoi, Molter.

"Gena... si riferisce a Jonnasson. Ha raccontato una storia incredibile. Vorrei sapere come se la cavava con suo padre.

"Beh... non lo so, non ero molto aggiornato, papà si occupava da solo di tutti i suoi affari. Parlava poco dei suoi collaboratori. Sospetti che possa aver mentito?

"Ha mentito, non ci sono dubbi. Il risultato dell'autopsia ci dirà che tipo di arma è stata usata per uccidere tuo padre.

"Credi che lui...? "Non lo so, signorina. L'unica certezza in questa faccenda è che non c'era nessun altro lì. Suo padre e Jonnasson erano completamente soli.

* * *

L'uomo dagli occhi profondi sorrise:

"Quali complicazioni stanno cercando queste persone di ReFoundation!

E rivolse gli occhi al suo compagno di volo, che era seduto a un banco di controllo di base. Per mantenere la nave in volo non aveva bisogno di alcuna manipolazione. Uno schermo ha indicato gli incidenti del volo. Un visualizzatore a lunga distanza ha permesso di vedere il cosmo. Un tachimetro lasciava scorrere i puntini rossi in modo monotono.

Il pilota si rivolse al compagno ed esclamò:

«Non avresti dovuto ucciderlo, Hugo. Non ne avevi bisogno.

"Quel ragazzo mi ha infastidito. Si credeva uno scricciolo. Pensava fosse importante, quando bastava un respiro per abbatterlo.

Ma l'hai ucciso.

"E quello?

"Questo ci porterà complicazioni.

"Bah! Sono solo vermi... Non vedi che sono inutili?

"Vivono la loro vita secondo le loro usanze. Hanno leggi. Non dobbiamo metterci in mezzo. Così pensano i nostri superiori. È la norma della nostra cabina, non interferiamo negli affari degli altri. La nostra missione attraverso il cosmo è indagare, ispezionare per sapere tutto ciò che accade, proteggerci in tempo da qualsiasi attacco che potrebbe essere pianificato. Per essere sempre aggiornati e anche per arricchire le nostre conoscenze con le esperienze degli altri.

"Siamo molto al di sopra di loro!

"Puoi anche imparare dai più insignificanti. Vedrai come la tua azione ci costerà cara. Sia io che te" dichiarò il pilota.

Le previsioni del pilota si sono avverate non appena è arrivato.

CAPITOLO II

Per i capi di quella cabina non era necessario richiedere rapporti ai piloti dei voli per conoscere gli esiti e gli incidenti degli stessi. Bastava rimuovere la lastra di registrazione dal cervello centrale, che registrava in ogni momento e trasmetteva allo stesso tempo al grande cervello alla base.

Quando Hugo e il pilota scesero dalla nave, l'ordine del capo della base fu brusco.

"Il tribunale è in seduta. Ti aspettano. Hanno commesso un errore gravissimo. Personalmente disapprovo la condotta di entrambi.

Non ci sono stati commenti, solo uno scambio di sguardi tra Hugo e il pilota.

Nulla di ciò che era considerato importante veniva mai ritardato nella cabina di pilotaggio e il caso del pilota e del suo assistente era molto importante per i governanti delle destinazioni del paese.

La corte era composta dai sei membri del rigore che erano presieduti dalla Corte Suprema.

C'era una tribuna pubblica affinché chiunque volesse controllare il modo di amministrare la giustizia degli uomini che gli stessi cittadini avevano scelto per le cariche potesse assistere.

Il primo ad occupare il palco degli accusati fu Hugo.

«Agente Hugo, hai violato una delle nostre leggi primordiali... Hai tolto la vita a un abitante di un altro pianeta.

Hugo sapeva di non poter dire nulla finché l'accusatore non avesse finito di parlare.

"Il segreto della nostra supremazia rispetto agli altri mondi abitati, consiste proprio nel rispetto che ogni essere vivente, da qualunque parte provenga, deve meritarci. Nessun essere può togliere la vita a un altro essere. Questa è la nostra legge, dentro e fuori i nostri limiti. Il potere non si ottiene uccidendo. In casi estremi abbiamo altri mezzi a disposizione di tutti. Hai agito violentemente e non hai scuse.

La presentazione non poteva essere più breve e Hugo si è affrettato a difendersi.

"Quelli di ReFoundation sono sfruttatori... Abbiamo visto milioni di esseri morire perché considerati inferiori. La colpa è di chi si crede forte, il che non significa che abbia la minima intelligenza. Si credono privilegiati, ma la verità è che non valgono assolutamente nulla. Essendomi minacciato, voleva eliminarmi. Ho pensato che meritasse una lezione.

L'accusatore ha parlato di nuovo.

«La tua colpa è tre volte grave. Primo, non devi preoccuparti dello stile di vita di ReFoundation se non solo di un piano di studi; sei il giudice di un paese che ha le sue leggi. Secondo, non sei tu a dare lezioni. Se fossi in pericolo potresti usare altri mezzi che conosci perfettamente. Terzo, hai commesso lo stesso errore di criticare gli altri. Ti conoscevi superiore e ne hai abusato.

"Non puoi condannarmi per una cosa così semplice!

"Sì, possiamo e dobbiamo. Le leggi sono state create per tutti.

Non c'era altro da dire ed era il turno del pilota.

L'accusatore parlò di nuovo:

"Pilota Andros, sei responsabile del volo. Avresti dovuto intervenire per impedire a Hugo di consumare la sua azione. Anche se non eri direttamente responsabile, il tuo status di flight manager ti rende colpevole secondo le nostre leggi che hai liberamente accettato.

"Lo so, signore. La verità è che non pensavo che Hugo avesse ucciso quello sfortunato. Sento che i miei servizi che ho sempre svolto con orgoglio e soddisfazione sono stati offuscati, ma capisco che la legge deve essere rispettata.

"Senza nuovi dati da fornire in merito, leggeremo la sentenza che non può che essere una per i responsabili dell'omicidio.

Non c'era cerimoniale, tutto era semplice, senza enfasi.

Né nella galleria nessuno di coloro che erano venuti per curiosità ha fatto alcun commento. Sapevano quale sarebbe stata la sentenza.

Il Presidente si è unito, parlando a nome della cabina:

"Sarai trasportato sul pianeta ReFoundation, per vivere secondo i suoi costumi e le sue leggi.

"Non farlo!" gridò Hugo. "Se quelle persone mi prendono, mi tortureranno. Hanno leggi barbare."

«Li hai spezzati, Hugo. È giusto che tu li subisca.

"Mi condanni a continuare a uccidere! Perché non mi lascerò prendere da quei vermi presuntuosi.

«Non porterai armi, Hugo. Non potrai utilizzare nessuno dei nostri oggetti. Dovrai usare la tua ingegnosità. Quello che fai lì non è più un nostro problema.

Poi è stata la volta di Andros.

"Né sarai in grado di prendere un'arma o qualsiasi oggetto tuo. Dovrai rispettare le leggi della ReFoundation finché il tribunale lo riterrà equo.

"Sarò mai salvato? chiese Andro.

"Il tuo è un caso disciplinare, unico, visto che non sei stato coinvolto direttamente nell'omicidio di quel contadino della ReFoundation. Il reato stesso viene commesso dal momento in cui uno dei tuoi uomini commette un crimine ed è ciò che puniamo qui, ma non c'è colpa materiale per il fatto e quindi il tribunale discuterà il tuo caso in modo tempestivo.

Dopo una pausa il Supremo aggiunse:

"Il trasferimento avverrà immediatamente.

La nave che li avrebbe riportati alla ReFoundation era pronta.

Il pilota era una donna, Loria, e con lei una guardia armata.

Loria non era estranea ad Andros. Il suo viso era accigliato, ma sereno e consapevole.

Osservò attentamente i due uomini mentre venivano introdotti nella nave.

Poi la testa della base premette un pulsante per indicare con la luce bianca di un faro che il bolide poteva decollare.

La marcia è stata effettuata con la stessa velocità di quando Andros e Hugo sono fuggiti dal pianeta ReFoundation.

Controllando automaticamente la nave, Loria si voltò di nuovo verso i due uomini che sedevano sulla panca circolare, attaccata alla sbarra di materiale morbido, per scongiurare eventuali insoliti decolli improvvisi.

Gli occhi della donna si erano incrociati in quelli di Andros.

"Mi dispiace... mi dispiace molto per tutto questo e se dipende da me farò in modo che il tuo esilio non sia molto lungo. Non sei colpevole. Lo so. Conosco bene i tuoi sentimenti.

"Era responsabile del volo. La sentenza è giusta. Un pilota deve essere responsabile.

Hugo sorrise cinicamente.

"Devo sembrarti un mostro, vero Pilota Loria? Perché non mi lasci vagare nello spazio? Così ti libererai di me. Dopotutto, non avrò un momento peggiore che su quel pianeta di vermi.

Lo guardò in silenzio, ma non gli rispose. Andros era imperterrito, muto.

"Tutto andrà bene. In ReFoundation ci devono essere brave persone.

"Certo, Loria.

"Vorrei stare con te per un po'. Sappi che ti sei acclimatato.

Non ci pensare nemmeno. Hai un dovere da adempiere.

"Lo so, ma non è un crimine esprimere quello che pensi. Non mi interessa se sanno come mi sento.

Si guardarono profondamente. Era un modo per esprimere i reciproci sentimenti, ma... Aveva un dovere da adempiere, e Andros accettò con disciplina la punizione che lei le aveva imposto.

L'unico che sbraitava su tutto questo era Hugo, che aveva ricollegato lo schermo e stava già catturando le immagini del pianeta che d'ora in poi sarebbe stata la sua nuova casa... per tutta la vita.

Cosa li aspettava lì?

CAPITOLO III

L'auto è arrivata quando la notte era già chiusa.

L'apparato non aveva bisogno di atterrare a terra. Gli bastava mantenere una certa distanza, e poteva sfiorare l'erba o qualunque cosa senza danneggiarla affatto.

I due uomini scesero in un campo aperto, vicino a una grande città.

"È la White ReFoundation. Sono sicuro" mormorò Hugo.

Il pilota Loria annuì:

"Secondo i nostri dati, è il luogo più civile di questo pianeta", ha commentato la donna.

"Beh, avresti potuto scegliere un altro sito. Spero che non mi riconoscano "Hugo scattò". Non ho mai dovuto scappare da nessuno. E questa è una terra straniera, di costumi primitivi.

Non stava ascoltando Hugo, i suoi occhi erano puntati sul pilota Andros, al quale la salutava pensierosa.

La stava guardando, augurandole anche un felice ritorno alla capanna che forse non avrebbe mai più rivisto.

L'auto si alzò, producendo solo quel ronzio udibile solo nel silenzio.

Scomparve in alto, per brillare fugacemente come un'altra stella, come uno dei mondi, abitati o meno, che trasmettevano la sua luce a ReFoundation.

Cominciava una nuova vita per quella coppia di esseri che l'unica cosa che possedevano era un'intelligenza diversa da quella delle persone con cui sarebbero andati a vivere.

Ma si acclimaterebbero?

Avevano dati e questo dava loro un certo vantaggio, ma avrebbero dovuto dimostrare il loro valore nella pratica.

Che entrambi la pensassero diversamente è stato dimostrato dal primo commento di Hugo.

"Se avessimo un'arma, mi sentirei più al sicuro. Anche se fosse uno dei vasi che usano qui.

«Perché vuoi una pistola, Hugo?

"Come pensi di sopravvivere qui?

"Sappiamo che le persone lavorano. Attraverso lo sforzo personale, si riceve uno stipendio che gli permette di vivere.

"Lavorare per persone che non vorrei nemmeno come schiave?" La materia pensante ti tradisce, Andros...

"Beh... come pensi di acclimatarti?

"Senti, conosco i tuoi stessi dati sul pianeta, giusto? Beh... Ci sono persone che non vogliono nemmeno lavorare per gli altri. E cosa fanno? Vanno armati e prendono quello che vogliono, con la forza ... Qui hanno quello che chiamano soldi e con i soldi possono vivere bene ... Bene, questo è quello che voglio, avere quei documenti che per gli imbecilli sono così preziosi, e avere il miglior tempo che puoi mentre tu' ri qui.

"Cominci male.

"Non ho scelto di venire qui, Andros.

"Meno l'ho scelto.

"Sto leggendo i tuoi pensieri. E non iniziare ad accusarmi. Quel tizio stava per uccidermi, vero? Non ho provato le armi di questo pianeta, ma non potevo rischiare.

"Sai che questa non è una scusa. Avresti potuto paralizzarlo.

"Bah!

"Volevi dimostrare la tua superiorità.

"Se cominciamo così...

"No, non temere. Non ti parlerò più di questa faccenda. E se preferisci, vai per la tua strada. Vado a prendere il mio.

"Aspetta un minuto. Ho un progetto, potrei aver bisogno di te.

"Se quel progetto è quello di prendere in consegna ciò che non è tuo, non contare su di me.

"Faremo entrambi meglio, Andros. Mi creda. Siamo più intelligenti di loro. Sono solo ritardati. Sappiamo già come vivono e come pensano... Nemmeno all'inizio della nostra casa eravamo così.

Sappiamo come sono le tue macchine volanti. È il più elementare. Fanno anche incursioni nel cosmo e impiegano un centesimo del viaggio in più rispetto a noi per andare e tornare dalla nostra cabina. Sono in ritardo e possiamo diventare padroni.

"Non sarà a causa della violenza.

"Sei troppo testardo! Ma ti avverto una cosa. Se sono da solo, non aspettarti che ti dia una mano quando cercano di sopraffarti. E per di più... non ho intenzione di restare qui. Con mezzi costruirò qualcosa... o lo farò costruire. Vedrò cosa trovo qui e quali elementi hanno. Sono sicuro che anche se il suo materiale è ruvido, puoi ottenere una lega moderatamente accettabile per andare ovunque, oltre a questa.

"Se vai, Hugo, posso solo augurarti buona fortuna. E se vuoi sentire qualche consiglio...

"Non mi interessa il tuo dannato consiglio, Andros! non te l'ho chiesto.

Hugo si voltò e se ne andò, ingoiando la sua furia

Andros era pensieroso nel buio.

Lì in lontananza si potevano intuire alcune luci di una città che ancora ribolliva di notte con la frenesia della gente uscita a divertirsi.

Non è stato difficile per Andros arrivarci, anche se altri avevano bisogno di alcuni strani artefatti che chiamavano automobili. Erano veicoli a trazione elettrica con una linea aerodinamica, che raggiungevano velocità molto stimabili, ma che non potevano che far sorridere qualsiasi entità dall'abitacolo di Andros.

Ai piani terra di alcuni edifici c'erano delle vere e proprie cataratte di luce.

Torrenti di splendore annunciavano spettacoli. Ristoranti dove venivano servite cene succulente e costose.

Altri sono stati pubblicizzati come Paradises of Fortune.

Andros si è mescolato alla folla e ha guardato mentre i soldi scorrevano tra i tavoli e sparivano nei cassetti degli impiegati che stavano manipolando strane ruote elettroniche.

Un tavolo numerato con numeri luminosi che si accendevano e si spegnevano, finché la luce non si fissava su uno dei numeri che era quello che aveva vinto.

Altre macchine avevano uno schermo che mostrava buoni equivalenti a denaro. Il giocatore che aveva precedentemente pagato per manipolarne uno doveva premere una serie di pulsanti per ottenere il voucher prescelto, che era sempre il più costoso; ma un piccolo errore equivaleva a perdere la partita e la scommessa,

C'erano poi i bar automatici, dove si usavano gettoni equivalenti a denaro per versare da alcuni rubinetti la bevanda desiderata.

Questa era un'orgia di persone rumorose che indossavano gli abiti più diversi.

Andros sentì che l'atmosfera rarefatta lo infastidiva e uscì in strada.

I grattacieli torreggianti lasciano appena circolare l'aria riscaldata da tanta luce.

I veicoli a motore hanno continuato a viaggiare ad alta velocità.

Un tonfo seguito da diverse urla indicò che era successo qualcosa a un bivio.

Andros è andato lì e ha visto un uomo che veniva tirato fuori da sotto le ruote di una di quelle macchine.

"Un oltraggio! Esclamarono diverse voci.

La gente litigava mentre una sirena annunciava l'arrivo di un veicolo che stava attraversando l'aria. Il ferito è stato portato in barella. Andros era in prima fila, mentre alcuni poliziotti costringevano le persone ad andarsene.

"Vai, vai. Non c'è niente da vedere qui.

Dove stanno portando quell'uomo? chiese Andros a una delle guardie.

“Che grazia! Non sarà ad una festa, dico” è stata la blanda risposta dell'autorità.

Andros si rivolse a una giovane donna:

“Dove lo portano? Ha chiesto.

"In ospedale.

"Sì, sì... Ma voglio sapere... dove. È per... scoprire cosa gli fanno.

"Cercheranno di curarlo" rispose la ragazza, sorpresa e persino divertita dalla domanda di Andros.

Un'altra donna stava per salire sull'elicottero. piangevo e urlavo:

"Voglio andare con lui! È mio marito.

"Nerd. È solo per il personale medico. Puoi andare con mezzi normali ...

L'elicottero è scomparso in aria e la gente ha sfilato in tutte le direzioni.

La donna che piangeva era praticamente sola, come se a nessuno importasse del suo dolore.

"Le guardie, con la circolazione ripristinata, erano scomparse. Quello che era successo di solito sembrava irrilevante.

Andros si avvicinò alla donna.

"Posso aiutarla?

Lo guardò in modo quasi strano.

"Possiamo andare in ospedale, eh? Non ho nessun veicolo. È lontano?

"Aiutami a guidare. È abbastanza lontano, sì, e io... sento che mi mancano le forze.

Quella donna stava per svenire. Andros la prese tra le braccia e la condusse a uno dei veicoli.

La sollevò e si sedette sul sedile davanti ai comandi per guidarla.

Non ha chiesto come è andata a finire. Gli sembrava abbastanza elementare e iniziò.

Né ha chiesto dove fosse l'ospedale. Andò dritto per una lunga strada che sembrava infinita.

La donna si è gradualmente calmata.

CAPITOLO IV

La vittima stava subendo una complicata operazione con elementi elettronici.

La precisione assoluta delle apparecchiature automatiche sarebbe stata l'invidia di altri paesi meno sviluppati rispetto alla White ReFoundation, ma per il pilota erano solo oggetti di curiosità.

Si avvicinò alla piattaforma senza osare guardare. Andro era solo.

"Nessuno qui vuole dirmi come va... Ha capito qualcosa, signore?

"Beh... Mi sembra che le procedure che usano non abbiano molto successo.

"Cosa dice?

"Beh... lo farei diversamente.

"Lui è un medico?

"Dottore? Ah! Beh... In un certo senso... Quello che volevo dirle è che suo marito non fa sul serio, ma non lo so, come stanno facendo...

"Questo è il miglior ospedale di ReFoundation. La più famosa. Vengono persone di altri paesi. Abbiamo i migliori chirurghi e loro usano i metodi migliori.

Andros avrebbe potuto rispondere che tutto ciò che si faceva lì era stato nel suo habitat per migliaia e migliaia di anni come una cosa all'antica, ma aveva rinunciato a farlo. Non l'avrebbe capito.

"Beh, calmati. Se sei sicuro, tutto funzionerà.

L'operazione era finita e le parole del primario non erano esattamente incoraggianti.

"Sei sua moglie? "Ha chiesto, e ha lanciato un'occhiata ad Andros, ma ha continuato a rivolgersi a lei. "Beh, non posso darti grandi speranze. La ferita è penetrante e c'è il pericolo di complicazioni.

"Ascolta," intervenne Andros, rivolgendosi al dottore.

Il chirurgo girò lo sguardo per scrutarlo. Non era l'abbigliamento che poteva destare maggior stupore, poiché i mille e un modo di vestire della gente di quella città lo rendevano al riparo da ogni sospetto prima dell'origine della stoffa che ricopriva il suo corpo. Era forse il modo di guardare di Andros, o semplicemente che al dottore non era piaciuto.

"Sei uno di famiglia? Ha chiesto.

"Ebbene, famiglia? No, no... Ma la signora era sola... Ebbene, ho visto come sei intervenuto e credo che tu abbia commesso un piccolo errore.

Ora lo sguardo del chirurgo si indurì per incontrare gli occhi di Andros. Poi sorrise in modo superiore.

Sei un collega?

"Collega? Nerd...

"Mi sembrava che volesse darmi una lezione. Sapete chi sono?

"No, no signore" rispose umilmente il pilota.

Bene, io sono il professor Kannen e ti avverto che ho troppo lavoro da sprecare a discutere di sciocchezze. Scusa signora non sto prendendo in giro nessuno, le ho già detto che suo marito fa sul serio. Non puoi farti ingannare se le cose peggiorano.

Il dottore si allontanò eretto, ma non prima di aver rivolto ad Andros un'ultima occhiata, uno sguardo pieno di alterigia e disprezzo.

Andros ha espresso un pensiero:

"Se avessi i mezzi normali... Ma ecco

La donna era troppo stordita per capire le parole del pilota.

Andros pensò alla frase:

"Dovrai usare i mezzi normali nella tua nuova cabina."

Ma sapeva che nel suo luogo di origine quella ferita, grave in ReFoundation, sarebbe stata irrilevante.

Avevano imparato, e non poi precisamente, che la struttura degli esseri della ReFoundation era abbastanza simile alla loro. Carne, sangue, ossa, vasi, arterie, arti vitali, cuore e cervello, tutto funzionava come nelle creature del suo pianeta. Tuttavia, i mezzi di guarigione erano diversi.

Andros capì che quest'uomo sarebbe morto. Lo stava osservando in silenzio quando la stanza fu trasferita, era prostrato, immobile, ignaro, che forse non si sarebbe più ripreso.

La moglie della vittima è rimasta a capo del letto, piangendo in silenzio.

Questo era un nuovo dramma per Andros, sebbene avessero anche una capacità di provare dolore nella loro cabina, era per ragioni diverse. Questo era banale, qualcosa che avrebbe potuto aggiustare.

"Per favore..." ruppe il silenzio.

La donna volse gli occhi allo sconosciuto.

"C'è un posto dove posso trovare una... una batteria elettronica? Sai cosa intendo?

Il suo linguaggio era comune, perché lui, come tutti i suoi, conosceva e poteva parlare perfettamente tutte le lingue del Cosmo, ma ignorava i nomi tecnici di alcune cose.

"Una batteria?

"Sì. Non intendo quelli che usano per le loro auto. Deve avere un circuito elettrico. L'AB speciale. So che lo usi.

"Non lo so... Forse nella fabbrica di mio marito. Lui è un ingegnere.

"Bene. Quindi se puoi chiedere di essere trasferita a tuo... marito. Trasferirlo in questo stato?

"La morte può sorpassarlo e quindi non avremmo molto tempo... Una volta che il cuore-motore è paralizzato, dobbiamo agire molto in fretta. Nel tuo sistema... intendo il sistema ReFoundation, il cervello è ancora una parte vitale e sarebbe difficile rianimarlo.

Logicamente la donna non capiva assolutamente nulla, ma c'era qualcosa di speciale nello sguardo di quell'uomo, un'espressione indescrivibile che quasi la costringeva a fidarsi.

Si sentiva come attratta dalle sue parole, che trasmettevano fede, speranza.

"Vuoi dire che... morirà?

Andros si avvicinò al paziente, ne guardò l'aspetto, poi gli toccò le mani e aggiunse:

"Presto. Avvisare un sanitario.

La donna premette il campanello. Ero visibilmente allarmato.

È apparso un paramedico.

L'uomo non disse nulla. Ha solo dato un'occhiata di routine alla vittima. Poi si avvicinò al dispositivo di elaborazione dati. Premette dei bottoni e collegò un filo ai perni che emergevano tra le bende del paziente.

Fece alcune manipolazioni che Andros osservava con scarso interesse, probabilmente perché le considerava puramente elementari.

L'apparato, che aveva diversi display, registrava i vari "electros"; cardiogramma, encefalogramma, circolatorio...

Il quadro clinico, visto attraverso gli schermi, dava un'idea chiara ed esatta dello stato fisico del paziente.

Lo stato era pietoso.

Un punto rosso indicava la presenza del coma.

"Come va? Chiese la donna con un filo di voce.

"Mi dispiace" ha risposto appena al gabinetto, dando un'ultima occhiata agli schermi. Andro è intervenuto.

"Potrei avere una batteria proprio qui? Una batteria AB...

"Abbiamo le batterie in sala operatoria. Sono per interventi automatizzati.

"Quindi... potremmo trasferire quell'uomo in sala operatoria.

Il medico guardò attentamente Andros come se fosse un mostro.

"Chi sei?

"Un... amico di..." e indicò la vittima e sua moglie.

"Lui è un medico?

"Non quello che capisci per dottore. Non sono un dottore di ricerca e non posso nemmeno esercitare qui.

"Eh" rispose appena il gabinetto, terminando il suo soggiorno nella stanza.

La moglie del paziente è intervenuta.

"Per favore... Quell'uomo pensa di poter salvare mio marito.

"Quell'uomo non è un dottore... Le pratiche di guarigione sono cose che si sono perse nella notte dei secoli. Questo è il primo centro chirurgico di ReFoundation.

"White ReFoundation" ha rettificato Andros.

"Cosa significa? Che i neri o i gialli hanno centri migliori? Da dove vieni? È della setta dei liberatori?

Con un gesto di fastidio, il paramedico li lasciò. Arrogante e retto, scomparve lungo il corridoio.

Se esistessero sentimenti umani in ReFoundation era discutibile, almeno nel primo centro chirurgico. Così ha dovuto ammettere Andros quando la nota luminosa è apparsa sullo schermo dei referti e delle avvertenze nella stanza dove giaceva il paziente:

"Paziente 1.025 in coma. Servizi funebri preparati. Svuota la stanza.

E il paziente era ancora vivo! Respirava ancora! Ma tutto era pianificato per farlo uscire di lì non appena avesse smesso di respirare. Era la legge del dinamismo. Tutto risolto. I morti erano un ostacolo e non dovevano prendere il posto dei vivi, non un secondo più del necessario.

Il professor Kannen irruppe nella stanza.

"Ha chiesto all'operatore sanitario di portare 1.025 in sala operatoria?

"Sì. Lo sono stato.

`` Come osi...?

"Lascia perdere", rispose umilmente Andros.

"Mi hai già fatto un suggerimento prima che non mi piaceva.

"Ti ho chiesto di dimenticarlo. L'unica cosa che chiediamo ora è di portare con noi il ferito.

«Certo. Non tornerà a casa, partirà da qui con l'etichetta corrispondente. Il centro chirurgico non ammette responsabilità.

Poi Kannen tornò a guardare Andros.

"Non mi piaci. Non mi piace il loro tono. È meglio che non appaia più al centro. Andros non ha risposto.

Kannen guardò la donna e mormorò:

"Scusa. È la legge della vita.

Era un modo rude e grottesco di porgere le condoglianze.

Kannen è scomparso.

L'ambulanza fu presto pronta. Né era un'eliambulanza. Il paziente era già considerato morto. Non c'era urgenza.

Con la guida alla circolazione, o tag, come la chiamavano, lasciò il centro come un cadavere, ma respirava ancora

«Andiamo direttamente alla fabbrica di tuo marito. Credi che ci sarà qualcuno? chiese Andro.

"Non credo proprio in questo momento," rispose, ma non osò chiedere cosa stesse combinando Andros. Dopotutto, sapeva che suo marito era morto ufficialmente. Accettava qualsiasi cosa purché tornasse in vita...

CAPITOLO V

Andros aveva lasciato il corpo della vittima sdraiato su un tavolo di metallo nel laboratorio della fabbrica e poi si era guardato intorno in cerca della batteria di cui aveva bisogno

Per fare ciò, ha dovuto procedere allo smontaggio di alcuni manufatti nella sala di controllo, mentre la moglie dell'uomo ferito è rimasta immobile, ignara delle manipolazioni di Andros.

Alla fine, quando tutto fu risolto, Andros chiese alla donna di lasciarlo in pace.

"Cosa gli farai?

"È una pratica strana per te.

E salverai mio marito?

"Lo spero.

Velocemente, Andros iniziò a mettere in ordine alcune canne che aveva anche acquistato, insieme ad alcuni punzoni che procedette a sterilizzare utilizzando l'apposita camera del laboratorio.

La donna era ancora lì. Ora notò il modo di muoversi di Andros, l'agilità delle sue mani, la concentrazione dello sconosciuto sul compito che stava per svolgere.

Usò un contatore portatile e applicò una delle aste ai fili che uscivano dalle bende.

L'ago del misuratore iniziò a muoversi molto debolmente.

"Il cuore? Ha chiesto.

"Sì. È... electro rudimentale, si può fare anche così,

Non capiva i nuovi sviluppi, ma le sembrava che quello che stava facendo Andros fosse completamente fuori dall'ordinario.

Improvvisamente l'ago smise di muoversi.

"Sandor! Esclamò.

"Quella?

"Mio marito...

"Si chiama Sandor?

"Sì... Il suo cuore... L'ago ha smesso di muoversi.

"Sì. Il suo cuore si è fermato. Devo sbrigarmi

"È morto!

"No. Non lo è ancora.

"Ma tu...

«Per favore, signora Sandor. Lasciami ora. Lasciami

La scortò, spingendola dolcemente verso la porta.

Aspetta lì. Non ci vorrà molto.

Era rimasta sbalordita, soprattutto dal momento in cui il cuore di suo marito si era fermato. Era sicura della sua morte, già confermata in ospedale.

Andros tornò rapidamente dal paziente e iniziò a rimuovere la benda che copriva il suo corpo dal petto alla pancia.

Quando la ferita leggermente sanguinante era ancora esposta, Andros iniziò a manipolare.

Prima tolse la sutura e poi con l'aiuto dei punzoni la riaprì.

Ha usato i cavi collegati alla vittima con la batteria che aveva opportunamente manipolato per apportare alcune correzioni.

Il contatore era anche collegato alla stessa batteria, producendo sistematicamente una variazione di corrente.

Attaccò due cavi e al loro contatto scoppiò una scintilla, poi avvicinò la scintilla alla ferita.

Il suo lavoro consisteva in una sorta di massaggio elettronico su alcuni occhiali.

Il sangue del paziente ha cominciato a scorrere più velocemente.

Da questo momento in poi, senza scollegare i cavi, li lasciò sulla ferita e ne collegò altri già preparati, a livello del cuore-motore.

L'oscillografo della batteria iniziò a spostarsi da una parte all'altra a una velocità sempre crescente, annunciando la tensione massima.

Andros ha manipolato per fare alcune rettifiche fino a quando i tamburi non sono tornati al loro ritmo normale.

Il contatore ha iniziato a funzionare.

I battiti echeggiavano attraverso i tamburi con i caratteristici colpi profondi.

Il cuore di Sandor stava funzionando di nuovo!

Andros tornò al massaggio degli occhiali mediante una scintilla che staccò l'unione dei due cavi.

Sorrise leggermente mentre il suo meccanismo improvvisato aveva risposto.

Corse per un alternatore di corrente e giocherellava di nuovo con la batteria.

Il suo lavoro non durò molto, e quando la moglie di Sandor entrò perché non poteva più aspettare, nonostante l'operazione di Andros avesse richiesto un decimo del tempo impiegato al centro chirurgico, poté solo vedere come il medico improvvisato finita la nuova sutura, con un procedimento molto diverso dal solito.

Il punteruolo fungeva da saldatore e la pelle era attaccata come il metallo.

Si avvicinò mentre Andros procedeva a una leggera benda.

Con gli occhi lanciò una domanda che non aveva bisogno di risposta, perché vedeva perfettamente come il contatore scandiva il battito del cuore.

"È vivo! Esclamò infine, incapace di trattenersi

"E spero che sia per molto tempo," la rassicurò Andros.

Avrei potuto fargli innumerevoli domande, ma la donna non sapeva nemmeno da dove cominciare. Vedeva Andros come un essere eccezionale, capace di riportare in vita anche i morti.

Sembrava capirla e commentò:

"No. Non è quello che pensi.

"Hai riportato in vita mio marito.

"La vita non si può restituire. Quello che succede è che a volte la morte è solo apparente. Quando la scienza deve lavorare con dei limiti, si devono accettare cose che sono solo, per gli effetti di quella stessa limitazione, ciò che un settore di esseri può credere come qualcosa definitivo, non è necessariamente l'assoluto definitivo.

"Chi sei... signore? "Domandò la donna ammirata, affascinata da quell'uomo semplice, che cercava di capire senza riuscirci.

"Mi chiamo Andro...

Andro.

"È un nome come un altro.

"Per me sarà un nome indimenticabile.

Cominciò a sistemare le cose per lasciarle come le trovava.

"Andros..." ripeté.

"Quando suo marito si sveglia, possono tornare a casa.

"Mio marito... riuscirà a tornare a casa... adesso?

"Spero che non ci vorrà molto a svegliarsi", ha continuato, dedicato al compito di rimettere a posto le cose.

Ma questo è impossibile.

"Nerd. Ti assicuro di no, signora Sandor. Torniamo a prima. Impossibile è solo ciò che crediamo sia impossibile da fare, ma l'assoluto impossibile non esiste. Se qualcuno gli avesse insegnato a usare tutti i sensi e ad usare materia cerebrale al massimo assoluto, capirebbero che ci sono molte cose che consideriamo impossibili e sono solo puramente elementari.

No. Non capiva le sue parole, ma la sua ammirazione per Andros cresceva di minuto in minuto; la tua ammirazione e la tua fiducia. Quella fiducia che irradiava da tutto il suo essere, nonostante la sua apparente semplicità.

Ha appena fatto un prodigio senza vantarsene. Lo aveva fatto nel modo più semplice. MaFaiCome?

La donna non poteva continuare a pensarci perché l'adorabile voce del marito l'interruppe.

"Ada!

"Eh?

Si alzò dal tavolo.

"Come ti è venuto in mente di portarmi in fabbrica? Abbiamo avuto un incidente. Ricordo perfettamente. Penso di essere stato lucido fino all'ultimo momento.

Poi apparve Andros.

"Chi è quello?

"Il suo nome è Andros. Ti ha guarito.

"Ada! Stai cercando di prendermi in giro?

«La storia non è molto lunga, cara. Te ne parlerò quando torneremo a casa...

"Quindi quello che mi è successo non era serio?

«Era serio, Sandor. Molto serio, eri morto "mormorò,

Sandor rise.

"Ada! Stai delirando.. Che è successo?

La serietà della moglie e il volto calmo e sereno di Andros lo portarono a pensare che fosse appena successo qualcosa di strano. Qualcosa di cui era stato il protagonista principale.

CAPITOLO VI

Andros era stato accolto nella casa della coppia Sandor-Ada.

Il giorno aveva seguito la notte, e nessuno dei presenti aveva voglia di riposare.

Hanno parlato a lungo. Sandor sapeva già la verità su quanto era accaduto e le domande erano diventate inevitabili. Andros è stato conciso.

"Il mio dovere ora è vivere qui. Non importa chi sia o da dove venga. Mi conformerò ai costumi della ReFoundation e accetterò la loro ospitalità.

Sandor capì che per il momento non avrebbe ottenuto molto di più da lui e che non era conveniente atomizzare il suo ospite e salvatore con domande e ancora domande.

Dato che Andros aveva detto che sarebbe dovuto rimanere con ReFoundation, c'era solo un modo per ripagarlo della sua quota, che poteva essere un payoff che avrebbe pagato dividendi.

«Per quanto riguarda il lavoro, non dovresti preoccuparti, Andros. Ti metterò nella mia fabbrica. Sono il regista. È una collaborazione importante. Non pensare che un regista sia un grosso problema. Siamo parecchi. Mi occupo dei problemi di collegamento con il laboratorio, anche se la mia cosa è davvero l'elettronica. Ora tutto è fatto dai computer. I cervelli parziali governano le macchine, l'uomo deve solo raccogliere i dati. Non possiamo nemmeno correggere ciò che abbiamo inventato. Ecco a cosa servono i cervelli. Mi chiedo se un giorno, quando i cervelli falliranno, non affonderemo, tutti noi. Tutto è governato da loro. Sono diventati i nostri veri capi.

"Penso di capirti. È il male delle civiltà sottosviluppate" sorrise Andros.

"Sottosviluppato?

"Non avevo intenzione di offenderti.

"Nerd. In fondo penso lo stesso. Anche le nostre guerre sono condotte attraverso l'elaborazione dei dati.

"E così White ReFoundation è arrivato a dominare il pianeta.

"Infatti. Siamo i migliori. Beviamo bevande disintossicanti, che a loro volta creano l'abitudine di continuare a berle. Le chiamano droghe benigne.

"Stai stancando Mr. Andros" intervenne la donna.

"Niente affatto. Anche se molte di queste cose le conoscevo già prima, mi piace sentirle dalle labbra di chi le vive. Anche io dovrò abituarmi a tutto questo.

Il nuovo giorno era iniziato e Sandor doveva tornare in fabbrica. Lo stupiva che stesse bene nonostante l'incidente della notte prima.

Sandor voleva accompagnarlo ed entrambi sono andati con l'auto del padrone di casa.

Lungo la strada, Sandor ha spiegato che una delle cose buone di cui potevano vantarsi era l'invenzione di quell'auto che non produceva i fastidiosi fumi dei tempi passati.

"Sì. La loro civiltà era molto vicina alla morte. Lo so" disse lo straniero. In questo senso hanno fatto molta strada.

"Tu... Ahem... Beh, voglio dire, se conosci altri mezzi più moderni per spostarti", indagò Sandor.

"In realtà ci sono altri mezzi, ma sono diversi...

"Quale?

"Comunicazione diretta.

"Comunicazione diretta?

"Sandor non ha capito bene, ma erano già arrivati in fabbrica ed è allora che sono iniziati i problemi. Per Sandor le cose erano state complicate da un'arma al limite del grottesco. La prima cosa che fece fu di fronte al grande tabellone, dove premendo un pulsante il suo nome apparve in una scatola luminosa per attestare che era arrivato in fabbrica.

Ma quando si preme il pulsante, l'indicazione di:

DECEDUTO

"Chi era quello divertente...? "ha iniziato". Questo è ciò di cui stavamo parlando ieri sera, Andros. Ti rendi conto del tipo di insuccessi che possono verificarsi?

"Forse non è un fallimento" mormorò l'uomo di un altro pianeta.

"Ehi? Certo! Al Centro Chirurgico... Non può che essere opera loro. Parlerò con l'esecutivo. Vieni, vieni con me.

Se Andros avesse avuto capacità di sorpresa, si sarebbe stupito di sentire i commenti dell'esecutivo, che seduto davanti a un cervello immenso ha dichiarato: "Ufficialmente non esisti. Il tuo posto è già stato preso. Non posso essere ritenuto responsabile per errori.

Ma questo è assurdo. A che servono i tuoi occhi? Non mi vedi?

"L'ordine ha lasciato l'ospedale ed è stato trasmesso attraverso i cervelli di collegamento. Ecco la carta "-e l'esecutivo lesse una carta da una delle macchine.

«L'ordine è della prima ora di mezzanotte. Trasmesso alla fabbrica secondo il tuo numero di file 1.025. Conosci già il sistema. Allo stesso tempo, il processo è stato trasmesso al ricorrente in servizio presso il proprio domicilio. Sono 1.137.

"Te l'avevo detto, Andros. Tutto automatico. Non ammettono l'errore.

"Non dobbiamo disperare, Sandor... Vai in ospedale e lasciali testimoniare, visto che l'errore è partito da lì.

"Certo che ci andrò.

"In ogni caso, dovrai scrivere il tuo nome per mantenere il tuo turno.

"Questo significa che sono licenziato?

"Non posso modificare il processo dei dati, sai cosa rappresenterebbe?

"Dannazione! È un cambiamento semplice.

«Non è così facile, Sandor. E dovresti saperlo. Sei stato un direttore di questa fabbrica.

"No, è facile perché ci abbiamo complicato la vita, ma si può risolvere. Deve essere risolto.

"Non vedo come. La rettifica servirà solo a far entrare il tuo nominativo nella lista dei disponibili.

Andro ha chiesto:

"Il tuo sistema è 'Aperturex'?

"Sì, certo" rispose sorpreso il dirigente, e poi aggiunse "È il più completo.

"E' il più complicato" sorrise Andros.

Ehi chi sei?

"Qualcuno che ne sa più di tutti noi messi insieme" scattò Sandor.

"Sei nervoso. Devi prendere una vitamina. Nel tuo stato non puoi litigare con nessuno. Inoltre, pensa che sei ufficialmente un uomo deceduto. Sei rimosso da tutte le liste. Dai, sbrigati se non vuoi perdere tutti i tuoi diritti.

"Sì, oltre a questo... posso solo sperare di essere reintegrato e devo ancora ringraziare. Maledetto sistema! E tutto per una questione di prestigio!

"Attento, Sandor! "L'esecutivo ha avvertito". Parlare così è pericoloso, puoi essere visto come un "liberatore".

"Dico la verità.,. Un errore non è accettato per una questione di prestigio, perché se il mio errore fosse programmato nel computer generale ci sarebbe una sorta di rivoluzione dei dati e ci vorrebbe molto tempo per tornare al normale funzionamento. ..se si può chiamare normale.

"Basta, Sandor!

"No, non basta, perché non è tutto qui... Bisognerebbe ammettere l'errore, che significherebbe il discredito generale del Paese e del suo sistema. I grandi della White ReFoundation coinvolti nelle proprie invenzioni...

"Sandor, ti ordino...!

"Non puoi ordinare i morti, Esecutivo 1.001" Sandor ha ricordato ad alta voce.

Andros rimase in silenzio, attento alla scena, e Sandor aggiunse, fuori di sé:

"Sai cosa accadrebbe in più, Andros? Ebbene, un errore farebbe un altro salto... e cosa accadrebbe se venisse alla luce che anche le nostre guerre contro i poveri sottosviluppati che hanno programmato così magnificamente i nostri computer sono state anch'esse un errore?

"Questo è già troppo. Chiamerò gli agenti per farti rinchiudere.

"Non possono rinchiudere un morto! "E Sandor si voltò per lasciare la stanza del dirigente" Avanti, Andros! Imparerai molto nella nostra supersviluppata White ReFoundation.

Poi in macchina, l'uomo di un altro pianeta mormorò:

"Hai ragione, ma non te lo daranno. Sono sicuro. Quello che hai detto è vero. Con il sistema "Aperturex", ammettere un errore è far lavorare il computer per rilasciare tutti i dati fino a quando non è vuoto... In altre parole, "capovolgerlo".

—Esattamente. Vedo che sai tutto.

"Questo sistema non è male, ma come hai detto lancerebbe altri errori ed esporrebbe molti difetti, e nessuna società li vuole ammettere, li considera come cose del passato, come se il passato fosse qualcosa di astratto e intangibile, quando in realtà è presente e futuro allo stesso tempo.

Sandor tacque e lasciò che il suo già amico continuasse a dire: "Avevi anche ragione nell'affermare che la tua guerra è stata un altro errore informatico... Dovrebbero rispondere di milioni di morti. Ci fu un silenzio che l'uomo di un altro pianeta ruppe di nuovo per concludere:

"Fai attenzione. Sandor. Sei in una situazione pericolosa. Alla ReFoundation, anche se per molti è un rifugio di libertà, dire la verità è estremamente pericoloso. Sei su un terreno falso: chi vuole distruggere il sistema perirà per primo. Ricorda Questo è il tuo principio.

"Quanto siamo in ritardo, Andros, quanto tardi! L'uomo ufficialmente morto ha ammesso.

CAPITOLO VII

Erano entrambi nell'ufficio del professor Kannen.

"Ancora tu?" scattò il primario e primo chirurgo del centro chirurgico.

La domanda e lo sguardo arrabbiato erano rivolti ad Antros, che non rispose. È stato il suo amico a esprimere il motivo della sua presenza al centro.

"Sono stato dato per morto. Sono qui per essere programmato di nuovo sul computer.

"Sei il 1.025? Il professore ha chiesto con disprezzo.

"Sì.

Allora è morto.

"Penso di parlare con te," intervenne Sandor, cercando di contenersi.

"E mi hai sentito perfettamente. Hai lasciato questo centro un cadavere, e così sei stato informato.

"Non ti sto chiedendo di programmare l'errore.

"Errore? Dov'è questo errore? Eri morto. Quello che può essere successo fuori da questo centro non sono affari miei. E non ho tempo da perdere.

"Professore, sono vivo.

"Sei stato curato da un centro ufficiale da cui sei uscito come un cadavere. È sull'etichetta, sulle patatine. Tua moglie ha firmato la conformità... Sai anche che sono ammessi solo i dati ufficiali...

"Non puoi cancellarti da tutto perché avete commesso un errore! Sandor è finalmente evaso.

Come osi urlare contro di me? Sapete chi sono? Sai con chi stai parlando?

"Con uno sciocco presuntuoso!

"Questo ti costerà caro, 1.025! Il chirurgo ha minacciato.

"Andiamo," mormorò Andros, conciliante, prendendo il braccio dell'amico.

"E tu sei responsabile, tu! "Ora il professore si rivolgeva ad Andros." Identificati!

Sandor si rese conto che il suo atteggiamento aveva appena ferito anche il suo amico.

«Non è di lui che sono venuto a parlare, professore. Sono io che chiedo solo una correzione per continuare ad ottenere i miei diritti di cittadino.

"Sei morto.

"Allora, professore, sappia che...

Andros ha pacificato di nuovo Sandor.

"No, no! Ti ho chiesto di identificarti! Ieri voleva spacciarsi per medico. Questo è severamente penalizzato.

"Il mio nome è semplicemente Andros", rispose umilmente l'uomo di un altro pianeta.

"Non è quello che voglio. Il tuo distintivo!

«Temo di non poterti accontentare. È una lunga storia.

"Non hai un distintivo? È un intruso... un "liberatore"... Adesso ho capito. Vado a chiamare la guardia...

Stava per suonare un campanello, ma Sandor gli si avventò addosso.

"No! Non farlo! Mi ha salvato la vita.

"Stai indietro! Esclamò il professore.

Sandor era forte e riusciva a tenere bene la mano dell'insegnante, che dall'altra parte del tavolo emise un gemito mentre era costretto ad avvicinarsi al suo aggressore.

"Lasciami... Lasciami! "gridare o urlare,

Sandor era troppo stordito e capì che doveva liberarsi di lui se voleva uscire dal centro.

Con la mano libera colpì il mento del chirurgo con un pugno che lo mandò contro il muro. Saltò immediatamente attraverso il tavolo e si lanciò di nuovo verso di lui.

"Dannazione! Non ci farai del male!" Lo colpì di nuovo alla mascella e il professore cadde in posizione seduta con gli occhi alzati.

"Non dovresti farlo! La violenza non dovrebbe mai essere usata" ha avvertito Andros.

"Dai, andiamo, prima che mi svegli!

Dovettero sbrigarsi nonostante la leggera esitazione di Andros.

Corsero lungo un corridoio sotto gli occhi del personale medico.

"Se non arriviamo alla porta non ci faranno mai uscire" esclamò l'amico di Andros.

Raggiunsero uno degli ascensori automatici che li portarono rapidamente al piano terra dell'edificio.

Sempre di corsa, raggiunsero il parcheggio.

Una sirena suonava già in lontananza.

«È la guardia federale! "Gridò Sandor, allo stesso tempo! che ha avviato il suo veicolo.

"Non sarebbe stato meglio aspettare e spiegare la verità? chiese il suo amico.

"Spiegare? Non ho voce né voto... Presto sarò cancellato da ogni parte, non esisterò come uomo. Non capisci?

"Penso di sì, penso che sto cominciando a capirlo, ma deve esserci un modo per farli ragionare.

"No, Andros. Non c'è. Credimi. Sono presuntuosi. Ogni capo dipartimento si crede in possesso della verità, anche se in fondo non sono che un branco di presuntuosi che senza le macchine non farebbero servire anche come lacchè nella Black ReFoundation. Accidenti a tutti loro...! E il sistema, e...

"Calma calma...

La sirena suonò più vicina.

"Ci avranno localizzato presto. Sto per scollegare la targhetta.

Premette un pulsante e giocherellava con esso.

"Necessario?

"Con questo possono sempre sapere dove sono...

"Aspettando! E tua moglie?

«Dovrò chiamarla al citofono. Ora non può restare a casa. L'avrebbero infastidita e possono arrivarci non appena si mettono in testa.

"Cosa accadrebbe se ti prendessero? Sei già ufficialmente morto. Non possono procedere contro una persona morta.

"Tu non li conosci... Mi accuserebbero di essere un "liberatore"... Sarei rinchiuso e mi farebbero vittima di ogni tipo di tortura. Per questo la morte vale mille volte .

Andros pensò a quelle parole:

"Dovrai utilizzare i tuoi mezzi e secondo le condizioni di ReFoundation"

Sì. Una volta sul pianeta, tutti i suoi principi e insegnamenti erano inutili; se era necessario fuggire senza motivo, doveva farlo se voleva sopravvivere.

"Vai! "Ha deciso". Ti aiuto io! "E ha tirato il pulsante che azionava la targa di identificazione come un radar in modo che la polizia o la guardia federale non potessero localizzare il veicolo.

Nel frattempo, Sandor stava trasmettendo con sua moglie.

«Non perdere un momento, Ada. Corri a casa dei nostri amici. Ci vediamo appena posso.

"Ma, Sandor... cosa è successo?

"Non posso spiegartelo adesso... Ah! Non prendere la targhetta identificativa, né il radio-radar, solo il trasmettitore nel caso avessi bisogno di contattarti.

«Sento le sirene, Sandor!

"Beh, sbrigati... Scappa. Vengono per te" tagliò la comunicazione. Andro mormorò:

"Non posso dire che il mio contatto ufficiale con ReFoundation sia stato molto fortunato...

E pensava che fosse successo tutto semplicemente per salvare la vita di un uomo. Quell'ultimo pensiero lo fece sorridere amaramente.

CAPITOLO VIII

I Tomblers erano due giovani fratelli. Maschio e femmina. Ada era con loro quando suo marito arrivò in compagnia di Andros.

Ai Tomblers è bastata una breve esposizione dei fatti per rendersi conto della gravità della situazione.

"Non vogliamo scendere a compromessi. Devono aver già programmato la mia scomparsa nel loro cervello centrale. Ora non sarò un "risorto", ma un "liberatore", è il suo modo di correggere gli errori.

Andros è intervenuto per avere conferma di qualcosa di cui aveva già un'idea:

"I 'liberatori' sono quel gruppo di minoranza che lotta per la parità di diritti, giusto?

"Sì. Vogliono tornare all'uguaglianza dell'intero pianeta. Adesso sono divisi in gruppi. Neri, gialli e fanatici. Occupano i posti più miserabili e muoiono nella miseria più completa. Se qualche gruppo cerca di organizzarsi, viene sistematicamente schiacciato dagli ordigni militari strategicamente collocati nei pressi dei centri abitati più importanti. Sono armi provenienti dalle nostre fabbriche, ovviamente" ha spiegato Plumbia Tombler, e con ciò si è definito in termini di pensiero.

"Ci sono cose di cui non si può parlare", ha detto la moglie di Sandor. Sono vietati, ma molti di noi pensano che White ReFoundation stia commettendo una terribile ingiustizia.

"Dicono che siamo nell'era del benessere", mormorò lo stesso Sandor. Che hanno già tentato altre volte l'avvicinamento e che è servito solo a sottrarre tante vite alla razza privilegiata che dovremmo essere... Maledetto avvicinamento! L'unica cosa che abbiamo sempre cercato è di mantenere quel poco valore che avevano. Non sono idioti, credimi. Sono stanchi di essere sfruttati e l'ingiustizia genera violenza.

"Dobbiamo fare qualcosa, Sandor" ha aggiunto il suo spessore.

"Sì, ho già detto che non possiamo scendere a compromessi", mormorò Sandor, rivolgendosi ai Tomblers, "Andremo in campo. Rimangono alcune zone tranquille. Nel nostro caso, non abbiamo altra scelta che unirci ai "liberatori". non è il tipo di vita che volevo dare ad Ada.

"Non preoccuparti per me. Sopravvivremo a tutto questo. In fondo, anche a te è sempre piaciuto combattere per la giustizia.

Sandor guardò il suo amico Andros e mormorò:

«Neanche tu puoi restare. Vedi cosa hai ottenuto salvandomi la vita!

"Nessuno può scegliere il proprio destino... Ma io vorrei restare ancora un po'. Sarà più difficile per me farmi trovare. Non mi trovo da nessuna parte. Non hanno la mia descrizione.

«È vero, ma sarà molto pericoloso per te. E mi dispiacerebbe se ti succedesse qualcosa" ha risposto Sandor.

"So che un giorno ti vedrò di nuovo.

"Ci terremo in contatto con i Tomblers" assicurò la moglie di Sandor.

"Sì, dicci se hai bisogno di aiuto" chiese a sua volta Plumbia Tombler.

"Conta su tutto" ha confermato il fratello. E quanto a te, Andros, perché sei loro amico, d'ora in poi sei nostro.

"Aspetta! Vado a vedere che novità danno, magari parlerò di te" ribatté Plumbia.

Andò immediatamente allo schermo circolare e premette il pulsante per la newsletter. Nell'immagine appariva un computer che funzionava giorno e notte emettendo dati scritti e in tempo reale.

Dopo la proiezione di alcuni nastri con immagini in differita I di successi realizzati da diversi livelli del Paese, è apparsa la figura del Presidente.

«Questo è il responsabile», mormorò Sandor.

E il presidente ha dichiarato:

"«Le minacce contro il nostro benessere sono costanti, quindi non esitiamo a programmare i più moderni metodi di difesa per garantire la nostra pace. White ReFoundation è oggi un paradiso che anche gli abitanti di altri pianeti ci invidierebbero. Il nostro territorio è prospero, tutto è pianificato e lo sforzo del governo per tenerci sulla stessa linea non diminuirà per un momento. "

Sandor ha interrotto la connessione per trovare un altro canale di notizie

"Dì sempre la stessa cosa. E con i soldi spesi in armi, l'intero continente di Black ReFoundation e anche gli altri potrebbero vivere. Soldi soldi soldi!

Sullo schermo apparve un altro cervello simile al precedente. Ha trasmesso notiziari.

"Le ultime rapine..." "Leggi su un nastro. E spiegava una serie di atti criminali contro la proprietà.

Quindi il nastro è stato cambiato in una voce.

"Ora sono le ultime notizie", disse Plumbia Tombler, pensando che avrebbe raccontato la fuga di Sandor, ma non era così. È stato un altro assalto.

"Se avessimo così tanto benessere, non ci sarebbero ladri", sbottò Sandor.

La voce ha riferito:

«'L'ultimo colpo è stato sferrato da un solo uomo che non poteva essere individuato. Era equipaggiato con un'arma laser automatica. Si è poi scoperto che l'arma era stata rubata la scorsa notte dalla base militare numero quattro, dove un uomo è annegato. L'assassino non ha lasciato impronte, nonostante la vittima sia stata strangolata dalle sue mani. Mani forti che suggeriscono che l'individuo è un uomo di forza insolita.

"Speciali rilevatori hanno dimostrato che è lo stesso individuo che ha commesso l'assalto usando l'arma laser.

«Tale aggressione è avvenuta presso l'Ente Ufficiale Federale, da dove il ladro è riuscito a sequestrare un'importante somma di carta moneta. Si parla di dieci milioni di rifondazioni cartacee.

»Non si può specificare, perché lo strano ladro ha disconnesso tutti i dispositivi di rilevamento, rendendo inutilizzabile il computer. Si sta lavorando attivamente sulla sua ricomposizione.

»La cosa più curiosa è che sebbene i rilevatori abbiano confermato che l'assassino della guardia della base e il ladro dell'ente nazionale federale sono la stessa persona, d'altra parte, non ha lasciato la solita traccia.

Quando la voce stava ancora fornendo dettagli sui due eventi, Andros sapeva già chi era stato il ladro, Hugo.

Hugo, il suo compagno di esilio, che aveva appena lasciato campioni della sua intelligenza realizzando quanto aveva proposto e manifestato allo stesso Andros.

Non disse nulla e continuò ad ascoltare.

Anche le seguenti informazioni non gli erano estranee.

"" L'ispettore Molter dello Stato di Galana, incaricato del caso di omicidio dell'importante agricoltore e uomo d'affari Allton, ha concluso che l'assassino non poteva essere altro che il caposquadra della piantagione Jonnasson e per questo ha consegnato alla autorità correttive a procedere di conseguenza. "

"Questo non è vero..." mormorò Andros, rendendosi conto che un uomo innocente avrebbe pagato per il crimine commesso da Hugo. Delitto che era stato la causa del loro reciproco esilio.

Il commento di Andros ha fatto sì che tutti i presenti lo guardassero.

"Mi scusi," mormorò. Devo... devo andare

Hanno cercato di dissuaderlo, ma Andros era determinato. Prima di partire ha decisamente aggiunto:

«Tornerò per avere tue notizie, Sandor. Ti auguro tanta fortuna.

Mentalmente era lontano da lì, molto lontano, pensava all'innocente che avrebbe pagato a causa di Hugo. Stava pensando agli ultimi crimini di Hugo e stava cercando di risolverlo.

Ma come?

Era su un pianeta strano, pieno di problemi, piccole e grandi meschinità, pieno di ingiustizie. Se avesse avuto i mezzi che aveva nella sua cabina, tutto sarebbe stato facile, facilissimo, ma lì alla ReFoundation... Ora avrebbe saputo quali erano i problemi!

CAPITOLO IX

Non era difficile orientarsi in una città del genere, tanto meno essere un essere come Andros, che oltre ai normali sensi aveva il dono che gli antichi avevano originariamente chiamato "inseguimento mentale", che divenne come una specie di di odore del cervello che gli permetteva di rilevare quasi per inerzia ciò che cercava. Lo stesso dono che gli aveva permesso di arrivare al centro chirurgico quando accompagnava la moglie di Sandor.

Non era molto sicuro che questo importante senato, sconosciuto agli abitanti dei pianeti sottosviluppati, potesse metterlo in pratica lontano dal loro ambiente, ma quando vide che le sue facoltà intellettuali rispondevano come a casa sua, si rallegrava, pensando che era un nuovo vantaggio. che avrebbe potuto usare nel suo esilio.

Perché aveva altri vantaggi, altri sistemi di comunicazione, come la sua influenza capace di dominare una persona.

Passando davanti al centro chirurgico, pensò al professor Kannen.

Si rammaricava di non aver cercato di esercitare il suo potere con lui, ma la verità è che Sandor non gli ha concesso molto tempo.

Ebbene, ora sarebbe stato diverso... Senza cercarlo "tutto il contrario" si era messo nei guai ed era un uomo perseguitato, ma aveva anche il vantaggio di non lasciare la caratteristica traccia che si poteva rilevare. Nessun cervello della ReFoundation poteva prendere i suoi genitori e descriverlo in seguito, dal momento che le sue cellule erano diverse. Sì, è stato anche un vantaggio considerevole.

Individuare l'ente nazionale federale non gli è costato molto lavoro.

L'edificio è stato transennato da guardie. Fotocamere di tutti i tipi stavano girando per i dati. Un laptop veniva costantemente consultato mentre divorava numeri, domande e altre domande.

Qualcuno ha commentato l'impossibilità che il cervello non avrebbe potuto facilitare la descrizione di ladro e assassino

"Anche se ho agito senza una targhetta, puoi almeno scrivere i tuoi dettagli. Un tale errore è inammissibile.

Andros ha lanciato una domanda.

"Potrebbe non essere un errore... Come funzionano queste macchine? Lo sai?

I due uomini che stavano commentando guardarono con sospetto Andros. Come si poteva chiedere del funzionamento di un computer il cui sistema di controllo era stato pubblicizzato fino alla nausea?

No. Non avevano intenzione di rispondergli, ma di allontanarsi da lì.

"Mi scusi," insistette Andros.

Poi pensò che fosse giunto il momento di esercitare il suo potere di persuasione. I due uomini si immobilizzarono, affascinati dallo sguardo dello sconosciuto.

"Non so come funziona... Ma immagino che debba essere per il controllo cellulare.

La sua influenza ha pagato.

"Ecco" disse uno. Alcune cellule si ricompongono, facilitano dal gruppo sanguigno alla sua "foto".

"Un ritratto di robot?

"No" rispose l'altro. Una vera foto.

"Quindi il computer funge da memorizzatore fotografico" commentò Andros per sicurezza.

"Cioè. I criminali sono registrati e ritratti.

"Ma possono indossare dei travestimenti", ha affermato Andros.

"Questo è già pianificato. Li usano, ma le loro caratteristiche rimangono e la loro identificazione è facile al centro del crimine.

"In altre parole, in assenza di un ritratto, i dati restano. Un magnifico scheletro della persona.

"Cioè. "Grazie signori.

Andros se ne andò da lì. Il sistema non sembra loro cattivo, ma per loro non ha funzionato. Con cui Hugo non potrebbe mai essere identificato.

"Beh" pensò tra sé e sé. Ora devo trovarlo. »

Si concentrò. Doveva trovare Hugo. Doveva trovarlo usando le radiazioni del suo cervello, quello che la ReFoundation avrebbe probabilmente definito radar umano, anche se quella non era la sua esatta definizione.

Ho la posizione. L'ha preso e sapeva dove trovare Hugo.

Stava viaggiando in un airbus per un viaggio di piacere.

La sua meta era la regione della Gondola, l'esclusiva città artificiale per milionari, con i suoi antichi palazzi di vetro, i suoi giardini artificiali che riproducevano l'esotismo delle diverse zone.

C'erano anche tutti gli strumenti del piacere.

Andros non era ancora in quella città, ma si ricordava, l'aveva vista nei suoi voli e ora si offriva così com'era, vista dalla sua immaginazione. Era una vera visione.

La velocità "relativamente elevata rispetto a quella raggiunta in altre stanze" della nave, permetteva ai viaggiatori di arrivare in un lasso di tempo relativamente breve in relazione alla distanza.

Alla base di decollo, Andros pensò al prezzo del biglietto. Non ce l'aveva.

Bisogna vivere secondo i metodi di ReFoundation, pensò ancora una volta.

Andò direttamente a una delle biglietterie automatiche. Lì ha dato l'importo in rifondazioni, che doveva essere depositato per acquistare un biglietto,

Esaminò per un momento la macchinetta e seppe subito come ottenere il biglietto senza spendere soldi.

"Questo non è giusto", si disse, ma cosa posso fare? "

Poteva fare solo una cosa, e non aveva molto tempo per pensarci perché uno schermo annunciava l'imminente partenza dell'airbus per la Gondola,

Aveva un piccolo cacciavite in tasca. Si era dimenticato della notte prima alla fabbrica di Sandor, e l'ha usata.

Ha agito di nascosto e rapidamente. L'operazione che doveva eseguire era molto semplice. Così semplice che doveva solo inserire la punta del piccolo strumento nella fessura del caricatore delle banconote in modo che una delle banconote cadesse nell'uscita.

Ha preso il dispositivo. Agli abitanti degli altri continenti della ReFoundation quello poteva sembrare il migliore dei progressi. Per Andros significava solo un sorriso comprensivo al sottosviluppo.

L'airbus decollò verticalmente e poi iniziò il suo rapido volo. È venuto in Gondola. Sapeva già dove trovare Hugo.

L'estancia era come un luogo da sogno per le classi alte, perché nemmeno loro potevano aspirare a tanto lusso. Solo i privilegiati. Sì. Solo i grandi della nazione più potente del pianeta potevano pagare i prezzi che costerebbe lì un giorno di permanenza.

Un dipendente, dopo un inchino, gli ha chiesto cosa | desiderato. Il colore della pelle del dipendente era giallo.

"In un mio amico, ma lo troverò.

"Signore, se non sei un cliente, non puoi entrare. È la norma.

Andros guardò bene l'uomo basso con un atteggiamento sottomesso.

"Quindi quelli della razza inferiore servono solo i forti."

L'impiegato intuì ciò che Andros aveva appena pensato e sorrise.

«Siete molto comprensivo, signore.

«So dov'è il mio amico, ma non voglio comprometterti.

«Ci sono computer, signore. I non clienti vengono scoperti subito. La vigilanza è necessaria, potrebbero essere coinvolti dei ladri.

«Sì, sì... dovrò affittare un... habitat o come si chiama.

«È molto costoso, signore.

Andro si guardò intorno. Diverse indicazioni luminose orientate rispetto ad altrettanti luoghi di piacere.

Notò la parola "Gioco".

"Non tentare di tentare la fortuna, signore" seguì il giallo. I vantaggi sono solo per "la casa".

"Prestami un po 'di soldi. Te lo restituirò.

Il giallo era fisso negli occhi dell'interlocutore. Infilò una mano in una delle sue tasche e tirò fuori una mazzetta di banconote.

«Sono ricco qui, signore. Le rifondazioni-obiettivi pagano bene.

"Dammi solo il minimo per giocare" e premette con gli occhi il giallo.

Ha ottenuto i soldi e desidera dal server:

"Sarai fortunato. Lo so.

Non era necessario appartenere alla comunità per entrare a giocare. Andros conosceva già il funzionamento di molti dei dispositivi per averli visti la sera prima.

Ha scambiato la carta moneta con dei gettoni ed è andato a una delle macchine elettroniche. Quello con le scatole luminose.

Si fermò accanto all'uomo che stava semplicemente raccogliendo le scommesse, poiché il resto funzionava automaticamente.

Ha aspettato due partite e poi ha iniziato a giocare.

Gli unici due gettoni che gli sono stati dati sono diventati quattro, poi otto e sedici... Come hai avuto fortuna a tuo favore?

Per fare ciò, è stato sufficiente ricordare le parole delle istruzioni generali del tuo pianeta:

"La fortuna non esiste".

No. La fortuna è solo il desiderio delle menti sottosviluppate. Ecco perché ha vinto. Non era questione di fortuna, ma di calcolo. Non c'erano trappole lì, bastava solo sapere in anticipo... in quale numero si sarebbe fermata la luce.

Questo era legale. Ha usato le sue conoscenze per vivere secondo le vie della ReFoundation. È uscito con un buon picco e l'ammirazione della folla.

CAPITOLO X

"Avrei dovuto presumere che tu fossi l'uomo di cui tutti parlano" sorrise Hugo, adagiato in poltrona sulla sua terrazza di fronte al lago artificiale e al giardino, in una cornice di indescrivibile bellezza... per il popolo di ReFoundation |

Poi ha aggiunto:

"Hai saputo anche adattarti, eh? Ognuno usa i suoi mezzi...

Si stiracchiò e andò a un mobile, dal quale estrasse una bottiglia.

"Beh, questa non è la nostra capanna, ma visto che dobbiamo vivere qui, almeno fallo nel migliore dei modi. E questo è il migliore. L'hai provato?

"Non sono venuto a bere i nettari della ReFoundation, né ho guadagnato quei soldi per vivere come te. C'è qualcosa di più importante.

"Cosa c'è che non va nella bella vita? In assenza di un paradiso naturale, sono costruiti qui artificialmente. Io adempio a ciò che ci è stato detto; vivo secondo le regole del paese di esilio.

"Uccidere persone.

"Ne hai sentito parlare, eh?

"Sì, l'ho scoperto, Hugo... Avresti potuto evitarlo.

"Beh... cosa hai intenzione di dirmi? Cosa avresti potuto fare?

"Non è quello.

"Non essere troppo sicuro di te, Andros. Oggi è andata bene per te, ma cerca di continuare a giocare. Sarai prenotato. Scopriranno che la tua fortuna non è così logica. Qui diffidano di tutti. In assenza di altri mezzi, rilevano le persone con sistemi rozzi, ma possono rintracciarle.

"Non noi.

"Non voglio camminare con le prove. Se ti diverte, vai avanti e falle, siamo d'accordo che ognuno andrà per la sua strada.

Il comportamento di Hugo era brusco, acido.

"Puniranno un uomo per il crimine che hai commesso...

"Che m'importa!

"Lo so già. Hai ucciso di nuovo.

"E continuerò a farlo. Ci sono solo parassiti qui. Perché provare scrupoli? Sono esseri inferiori.

"Hai del male dentro, Hugo. Tu non capisci? Senza violenza potremmo fare qualcosa di grande... Cambiare questo pianeta, riuscire a fare una capanna quasi come la nostra... Siamo superiori a loro, va bene, quindi mostriamo cosa si può ottenere. Saranno felici.

"Sei uno stupido. Sono cerrili... Non uccidono? Basterebbe un po' di tempo qui per sapere che tipo di sentimenti provi. Per me muoiono tutti. Sono bandito, vero?

«Gli innocenti che hai ucciso non sono da biasimare.

"Tutti sono da biasimare!

"No, di essere inferiore.

"Al diavolo i tuoi trucchi, Andros!

«Devi andare da quell'ispettore. Almeno quello. Evita la morte di un innocente.

"Vuoi dire quel caposquadra, vero? Lo so... Hanno dato la notizia. E quello? Era un altro presuntuoso...

«Va bene, ma è innocente.

"Basta, Andro! Fermare! E Hugo si versò una generosa dose di quel nettare in bottiglia.

"Non prenderlo e ascolta. È una droga. Ti atrofizzerà il cervello. Finirai come loro. Perderai il bene che può restare.

"Non ho scelto questo! Non torno nella mia cabina!

"Va bene, va bene. Non ti sto chiedendo di dare la vita per quel caposquadra... Hai già subito la punizione da noi imposta... Ma hai un mezzo per evitare mali maggiori.

"Certo. Vado, mi presento, convinco l'ispettore dell'innocenza di questo tizio e me ne vado.

"E se vuoi non ti fermeranno.

"Non lo farò. Andros. Davvero. Non lo farò. Lasciali marcire tutti! Questo non è il mio sito! Mi hanno mandato qui, beh, lascia che inizino a tremare ...! Farò altrettanto danneggia come posso e continuerò ad essere il più forte... Capisci? I miei superiori mi hanno punito, va bene, perché divento un castigo per la ReFoundation... E vediamo chi può con me!

Ingoiò il contenuto del contenitore che era stato servito.

"Ah! Questa è una delle cose deliziose su questo miserabile pianeta.

"È una droga.

"Usi un linguaggio antiquato.

"Ecco il linguaggio che viene usato. Questo non è cambiato.

"Niente è cambiato qui! Hugo sbottò e si versò una seconda porzione.

"Va tutto bene. Se non vai tu a vedere quel poliziotto, lo farò io.

"Puoi accusarmi se vuoi... Ma attenzione, non fare niente per descrivermi, non dare loro nessuna informazione "definitiva" perché poi sarei io che dovresti confrontarti!

"Sei sempre stato un sostenitore della violenza.

"E quello?

"Non vorrei doverti affrontare, ma forse devo farlo prima o poi.

"Allora devi ricordare una cosa, pilota

Andros... Non sei più il mio capo qui e il tuo potere e il mio sono gli stessi. Andro annuì. Non era una sottomissione, era pietà, delusione.

Ha lasciato la stanza.

Decise di partire quella notte, ma non prima di aver restituito i soldi che il servo giallo gli aveva prestato.

"Ecco... mi serve ben poco" aggiunse, donandogli quasi tutti i suoi guadagni.

«Siete molto generoso, signore.

"No, non sono generoso, amico mio. Sono... beh, non sono nessuno.

E scomparve da quell'atrio grande, lussuoso e sofisticato, di un palazzo solo per milionari.

Passò il biglietto nella macchinetta e aggiunse anche il biglietto di sola andata, assicurandosi che non uscisse la carta d'imbarco. In altre parole, ha effettuato l'operazione al contrario, cosa che lo ha lasciato in pace con la compagnia aerea.

Durante il ritorno pensò a Hugo. Adesso era il suo nemico dichiarato. Nemico tuo e nemico di tutto. il pianeta.

Forse a un altro non sarebbe importato affatto perché Hugo non faceva per lui, ma c'era un sentimento inviolabile nella psiche di Andros. Il sentimento di equità, di giustizia, il sentimento che di solito raggiungeva tutti gli abitanti del suo pianeta, ma c'erano anche cattive radici, come Hugo. Alcune radici che furono punite con l'esilio perpetuo... al male di altri pianeti.

Dovevi continuare a combattere quelle radici...

CAPITOLO XI

L'ispettore Molter aveva ascoltato attentamente Andros.

Quel senso innato che gli dava il potere di convincere gli uomini funzionava a meraviglia.

"Ammetterò il mio errore. Ti assicuro che Jonnasson non sarà punito per quel crimine.

«Ispettore, non posso smascherare l'uomo che ha commesso il crimine. Non servirebbe neanche a molto. Spero tu capisca.

Forse Molter non poteva capirlo, ma davanti alla presenza e all'insistenza di Andros lo ammise come una cosa ovvia.

Schiacciare un bottone era facile, poi il proseguimento era già opera dei cervelli, dei computer. Tutto è stato fatto rapidamente e Jonnasson è stato in grado di andarsene dopo aver ricevuto infami torture.

Laggiù, nel seminterrato del quartier generale della Crime Regression, c'era una strana sala operatoria, dove menti contorte facevano fuori i criminali. Dispositivi appositamente realizzati per questo "torturato dentro".

I condannati alla tortura, prima di conoscere l'inevitabile sentenza che portò alla loro morte, furono vittime di strani esperimenti. Furono loro inoculate malattie, poi dopo un dolore che mortificava senza uccidere, si procedeva a curarle per produrre nuovi mali.

Jonnasson era un uomo diverso quando è partito da lì. Un uomo che aveva sofferto, anche se non era arrivato al limite grazie al tempestivo intervento di Andros.

Andros lo guardò uscire e vagare come un fantasma tra la folla della città.

Ma anche quel bene che Andros aveva appena compiuto si stava trasformando in male.

La lettera di rettifica del colpevole di Jonnasson è stata attivata: l'ispettore Molter.

"Sei inetto. Hai accettato pubblicamente un errore. Un intero programmatore contro i nostri sistemi. La notizia si sta diffondendo e non c'è modo di fermarla...

«Ma, signore... non potevamo punire un innocente.

"Molter, sei un coglione! La vita di un uomo non vale quanto il discredito!

"Ma...

"Ora dovremo procedere contro di te. La sua follia è già programmata. È rimasto senza identificazione. Tutto quello che posso fare per te è darti il tempo di provare a scappare. Tutta la ReFoundation saprà presto che sei un rinnegato, un membro dei "liberatori".

"Non possono farlo con me.

"Vattene, Molter! Vattene! Il suo tempo sta per scadere.

E i computer funzionano allo stesso ritmo, senza fretta, ma senza pause.

Tutto monotono.

Tutto perfettamente calcolato.

L'attrezzatura era ferma. Il nome di Molter era un altro dei tanti diseredati della grande società.

I computer non ammettevano mai errori, e l'errore veniva corretto con l'ingiustizia, un altro errore...

Andros ha sentito la notizia a casa dei Tombler.

Plumbia Tombler era sola in casa, ha spiegato che suo fratello lavorava come coordinatore in una fabbrica notturna.

"Controlla i dati dell'energia che fornisce la luce in città...

Poi spiegò che Ada e Sandor erano già partiti.

"Sono partiti in elicottero per la zona delle grandi praterie. Cercheranno di trovare lavoro. Ci sono poche persone a cui piace lavorare lì.

"Credi che sia meglio vivere qui? chiese Andros.

"Non lo so. In fondo tutto va male...

Poi hanno dato la notizia di Molter. I computer avevano raggiunto la fine del processo. Sullo schermo è stato riportato. -

"Ma... è che non si può fare nulla per evitare tutto questo? esclamò Andro.

"Fare? Perché sei preoccupato per questo, Andros?

"Farai meglio a non saperlo, ma io 'so' che questo ispettore ha fatto il suo dovere. Capisci?

Andros... so poco di te, ma tutti vorremmo saperne di più.

«Neanche questo importa, Plumbia. Devo essere qui, non potrei preoccuparmi, ma si commettono molte ingiustizie. Anche se penso... Potrebbe esserci un sistema.

"Un sistema per evitare le ingiustizie? Non sognare, solo se trionfano i "liberatori".

"Con un'altra guerra?

"In che modo allora?

"Dovremmo iniziare a riparare tutti i programmatori, dall'inizio. Fatti ammettere gli errori.

"Nessuno può farlo, Andros.

"Vedrò il presidente. Può ottenerlo.

"Quel despota? Non crederci. Lui, meno di tutti.

"Predicate la libertà...

"Una cosa è predicare e un'altra "fare".

"Lo so, lo so, ma si può provare.

"Non ti lasceranno arrivare lì.

"Ci proverò.

"Dici sul serio, Andros?

"C'è un altro modo di parlare che non sia serio?

"Non lo so... Vedi tutto così normale.

"Può essere.

- Andros "Plumbia Tombler era affascinata dallo sguardo di un uomo di un altro pianeta, era attratta dalla sua indescrivibile forza di volontà, da quello sguardo capace di contenere tutti i desideri o di incitarli", vorrei... vorrei aiutarti.

"Puoi farcela, Plumbia. Dove abita il presidente?

"Nel suo Santuario. È irraggiungibile.

"Ci arriveremo.

"Se lo dici tu...

Sì, Andros era determinato a cambiare questo pianeta. Aveva il suo potere di persuasione e lo avrebbe messo alla prova davanti al più alto leader del cosiddetto lato libero della cabina di pilotaggio.

CAPITOLO XII

I "liberatori" risiedevano nelle baite, nei luoghi più inospitali della White ReFoundation.

L'abbondante vegetazione li rendeva invisibili dall'alto, alle pattuglie volanti.

Avevano ideato un sistema per rilevare gli aerei e i saggi che erano anche nel gruppo riuscirono a controllare i sistemi utilizzati dai piloti per localizzarli. Era il loro unico vantaggio che impediva loro di essere spazzati via.

Le capanne erano ben attrezzate e quando mancava il denaro, le pattuglie di comando venivano inviate nelle città per ottenere denaro dagli Enti Nazionali.

Le percosse non sempre funzionavano e poi gli assalitori della libertà venivano torturati a morte. Nessuno, però, aveva tradito il nascondiglio oi nascondigli dei compagni.

È stata una lotta silenziosa, la lotta di chi proclama una falsa libertà contro chi la può conquistare solo con la forza.

In quel momento Wender, un giovane leader dei "liberatori", stava parlando con Sandor.

«Il tuo concorso può essere prezioso per noi, Sandor. Abbiamo sentito la notizia. Sappiamo che sei un'altra vittima dell'ingiustizia.

"Ricevi notizie?

"A poco a poco il professor Forto è riuscito a installare dei dispositivi. Sono un po' rudimentali, ma funzionano...

«Wender, conosco qualcuno la cui utilità può essere molto preziosa per te.

"Uno scienziato?

"Più di questo. Non posso dirti da dove viene, perché non lo conosco nemmeno io. Ma è intelligente, ed è in possesso di una scienza che ReFoundation non può nemmeno eguagliare. Si chiama Andros.

Andro. E potresti convincerlo?

"Forse...

"Vado a dare un'occhiata alle nostre patatine.

"No. Non lo troverai in nessuno di essi. Ti ho già detto che non so da dove venga.

Un membro dell'organizzazione è venuto a interrompere il discorso che si stava svolgendo in una delle gallerie sotterranee di questa città dall'aspetto primitivo.

"Notizie dai commando...

"Aspetta, Sandor, questo è importante. Un gruppo è andato in cerca di fondi. Venga.

Sandor accompagnò Wender. Attraverso uno schermo una voce riferì:

"Un gruppo di ribelli che si definiscono «liberatori» è caduto nelle mani della guardia federale quando ha tentato di assalire un'entità nazionale. Il gruppo era composto da quattro uomini che sono stati portati al Centro di Repressione per ricevere la sentenza emessa dai giudici.

"Giudizio legale! esclamò Wender. Saranno torturati!

Uno degli insegnanti si avvicinò:

"L'ho sentito. Questo aggrava la situazione. I loro metodi di rilevamento stanno migliorando sempre di più. I nostri uomini perdono la vita e stiamo finendo i fondi. Senza le nuove strutture è impossibile costruire le armi per l'assalto finale.

"Assalto finale? chiese Sandor.

"Sì. Abbiamo un piano organizzato. Prima attaccheremo in piccoli commando per disorientare le forze repressive, poi scateneremo l'attacco al quartier generale presidenziale. Puntiamo a raggiungere il Cervello Centrale con la sua coorte di programmatori e computer. È l'unico modo per cambiare radicalmente l'intero Paese.

"Questo è impossibile. Non ci arriverai mai.

"Beh, è l'unico modo per evitare di versare sangue innocente", replicò Wender.

"Nessuno può raggiungere la sede presidenziale. Dovresti sapere. Tutti i tipi di cervello rilevano la presenza di intrusi. È arrivato all'estremo di impedire alle persone di esaminare e rilevare i propri pensieri.

"E la chiamano libertà! Ma dobbiamo prenderlo!

"Mi dispiace dover essere pessimista. Molti di questi dispositivi per la rilevazione del pensiero sono stati prodotti nella mia fabbrica. Lo so, Wender. Avvicinarsi significa spogliarsi delle idee, sottomettersi alla volontà delle macchine. Il presidente è il potere supremo. Invulnerabile...

* * *

"Invulnerabile" ripeté Andros a Plumbia. Hai detto che il Presidente è invulnerabile.

Plumbia e Andros si trovavano nelle vicinanze dell'imponente territorio appartenente ai domini del Presidente.

L'ampio piazzale, ben protetto da rilevatori, ne impediva totalmente l'avvicinamento, non solo all'edificio ma ad una distanza molto considerevole.

Un grande lago costeggiava il retro di quel sontuoso palazzo moderno, poi le parti laterali e la facciata erano recintate da imponenti siepi tra le quali si trovavano i rilevatori, che segnalavano anche la presenza di qualcuno anche a distanza dalle siepi e trasmettevano il «sospetto».

L'ufficio pre-presidenziale si trovava prima di raggiungere la linea che gli autoveicoli ufficiali muniti di permesso e credenziali dovevano prendere per incontrare il Presidente.

Quella credenziale è stata rilasciata solo in ufficio,

"Potrei entrare, Plumbia. Potrebbe farlo, ma... "Ha pensato al caso dell'ispettore Molter che è riuscito a convincere con il potente senso del suo pickup cerebrale, ma ha anche ricordato cosa è successo all'uomo."

Alcune persone dovevano essere perseguitate. E io... non posso dominare tutti, il mio potere in quel senso è limitato,

"Che potere è quello. Andro? "Lei ha chiesto."

"Non è un potere, in realtà. È il modo di usare il cervello.

"Usalo!

"No. Mi sono reso conto che quando si tratta di aiutare alcuni, altri pagano. L'unico sistema è ottenere una credenziale attraverso le normali procedure.

"Semplicemente non può essere.

"Perché, Plumbia?

"Perché non hai una targa identificativa. Tu non esisti...

Ma lo fai. Prendilo tu stesso.

"Ma... potevo solo entrare. Cosa dirò al Presidente? Credi che mi ascolterebbe?

"Entrerò con te.

"Impossibile. "Fai quello che ti chiedo. Il resto è a mio carico.

"Avrete bisogno di molta fortuna.

"Non c'è fortuna... almeno per me, Plumbia.

La ragazza si lasciò convincere. Era quasi un ordine che Andros gli trasmetteva attraverso il cervello. Ma non un ordine brusco, ma la convinzione della propria incolumità.

Plumbia si diresse verso l'ufficio,

* * *

Sandor ha cercato di comunicare tramite la sua radio con l'indirizzo di Tombler.

Il fratello di Plumbia ha preso il messaggio.

"No. Andros non è qui. Ha preso mia sorella. Sta cercando di arrivare al presidente. Plumbia era molto entusiasta dell'idea. Non lo so...

"Con il presidente! È pazzesco, ma se ci prova è perché pensa che ci possa essere un mezzo", ha risposto Sandor.

"Mi metterò in contatto con loro. Cosa vuoi che le leghi? chiese il fratello di Plumbia.

"Solo... qui abbiamo bisogno di Andros.

"Cosa proponi?

"Avete i contatti esterni disconnessi?

"Sì, Sandor. La linea è diretta tra trasmettitore e ricevitore. Solo tu puoi sentire quello che dico e viceversa.

"Allora ascolta... I 'liberatori' stanno preparando l'azione finale.

Wender, che era accanto a Sandor, ha dichiarato:

"Digli di mettere in guardia i tossicodipendenti, i veri amanti della libertà. Avremo bisogno della collaborazione di tutti. Diffondono la notizia con le loro reti di trasmissione ai paesi oppressi, ai tre cantoni sottosviluppati. Ci sostengono, sanno che questo significherebbe totale libertà per la gente di Delkco, qualunque sia la loro razza.

Sandro ha trasmesso e poi il suo interlocutore ha voluto sapere:

"Quando pensi di colpire?

"Questo è impossibile saperlo. Ci mancano i mezzi. Ecco perché Andros potrebbe aiutarci.

«Be', non appena comunicherà con me, gli darò il tuo messaggio, Sandor. Ma attenzione, i mezzi di repressione si sono intensificati.

"Lo sappiamo, lo sappiamo.

"Come sta Ada? Il fratello di Plumbia ha chiesto di finire.

"Bene. Siamo installati in una fattoria. Serve da pretesto, ma se necessario lo porterò qui. Non è male e almeno lavoriamo per qualcosa di importante.

"Buona fortuna ancora una volta, e non preoccuparti, trasmetterò il tuo messaggio ad Andros

* * *

Nel frattempo, Andros stava aspettando la partenza di Plumbia dall'ufficio pre-presidenziale.

La ragazza uscì con un piccolo dispositivo di perforazione delle dimensioni di una carta.

"Cos'è questo? chiese Andros quando lei era al suo fianco.

«La credenziale, Andros. Non so ancora come l'ho avuto. Se me l'avessero detto prima...

"Sapevo che l'avresti capito. Plumbia! Sorrise.

"Ma questo mi permette solo di entrare in me stesso. Deve passare attraverso un computer per trasmettere i miei dati alla Centrale e da lì vanno agli assistenti. Quando i dati sono d'accordo, è allora che facilitano l'ingresso. È tutto molto rigoroso e sicuro. Non potrai entrare, Andros. Non sarò in grado...

"Vedremo", ha risposto.

CAPITOLO XIII

L'auto era guidata da Plumbia Tombler.

Lo ha detenuto davanti al controllo ufficiale della sede presidenziale.

A quanto pare non c'era nessun altro a bordo del veicolo. I rilevatori di controllo lo hanno indicato, mentre il responsabile ha collocato la credenziale della carta nel controllo corrispondente.

Il computer ha emesso rapidamente i dati. La risposta è stata quasi istantanea:

"Controllato".

Era l'equivalente di dare al veicolo un pass gratuito.

Plumbia Tombler avviò la macchina, cercando di nascondere la sua paura, una paura che minacciava di tradirla. Le guardie non ne erano a conoscenza per due ragioni; primo, perché era ovvio che chiunque fosse andato a incontrare il presidente si sarebbe sentito piuttosto nervoso e secondo, perché tutti avevano una fede cieca nella sicurezza dei rilevatori, dei computer e di ogni sorta di dispositivo che controllava tutto.

Plumbia andò direttamente al parcheggio riservato ai visitatori.

La freccia automatica indicava il luogo esatto dove era necessario lasciare l'auto.

Poi e come ultimo controllo prima dell'ingresso, è stato necessario depositare il token in una fessura per annunciare che la "visita" era pronta.

Si apriva allora una porta laterale e un'altra freccia luminosa indicava la strada da percorrere.

Plumbia saltò fuori dall'auto e seguì le istruzioni.

Il gettone posto nella fessura dell'apparecchio ha agito come previsto. La luce si accese e la porta si aprì.

Il gettone è stato inghiottito dall'apparato. Lì la sua efficacia finì.

Andros è apparso lì.

Andros aveva viaggiato nascosto sotto il sedile del veicolo (per due). Il buco, sebbene un po' scomodo, era servito ai suoi scopi.

"Non capisco", disse lei, che aspettava nel corridoio illuminato. Come non ti hanno individuato?

"Non hanno potuto rilevarmi. non lascio tracce...

"Non è possibile..." mormorò.

"Rimane una piccola traccia, ma si può evitare. Il suo controllo è da parte delle cellule. l'ho chiesto. Sì, ho chiesto come funziona quel gossip. Quindi conoscendo il sistema c'è un modo semplice per evitare il rilevamento. Quello..." e mostrò una targa di metallo che portava con sé.

"Metallo?

"Metallo semplice. Fermare. Nei piedi, nelle mani e nel corpo. Sono i tre posti chiave. Quando i rilevatori sono entrati in funzione, io ero parte del veicolo. Ero tutto un pezzo di metallo. Capisci?

"Beh, penso di sì, ma... È strano.

Andare avanti. Non facciamo aspettare il Presidente.

Non hanno dovuto fare a turno perché le visite erano severamente controllate e nessuno poteva continuare senza l'espresso ordine del Presidente.

Anzi, li stava aspettando. No. Nessuno ha chiesto ad Andros di controllarsi perché una volta dentro se ne erano andati tutti. Quello che faceva la segretaria era premere il pulsante sul dispositivo accanto a lui in modo che comparisse il nome del visitatore o dei visitatori.

"Non farlo! Andros esclamò dolcemente. Non è necessario che tu lo faccia. Il Presidente ci aspetta.

"Ehi? Chiese la segretaria.

Gli occhi di Andros funzionavano normalmente anche sul suo cervello.

Il segretario sorrise e mormorò:

"Inteso.

Quella che non capiva niente era Plumbia, ma la sua fiducia in Andros cresceva di minuto in minuto.

Il Presidente, curvo sulla sua poltrona monumentale, davanti a tutta una serie di automatismi, li accolse con un largo sorriso.

"Ah!" esclamò. "Rappresentanza di Studi Femminili per il rafforzamento dell'autorità repressiva. È vero? Ma avevo indicato che una sola persona mi ha fatto visita. Vediamo, forse sono confusa... Il mio lavoro è estenuante ...

Andros non permise a Plumbia di intervenire e fu lui a parlare.

"Scusa signore. Questa era solo una scusa.

"Eh?

"Una scusa per entrare, signore...

"Cosa significa questo? Hai mentito per arrivare alla mia presenza?

"Sì signore. Anche se in realtà non è stata una tale menzogna, perché quello che ho da dirvi si basa sul rafforzamento dell'autorità repressiva, ma... con lievi variazioni.

«Non mi piacciono quei metodi, signore.

"Non cercare il mio nome. Non esiste in nessun cervello. Sono un cittadino incontrollato.

"Un 'liberatore'!

"Per favore signore... Quello che ho da dirle è molto serio" e Andros lasciò che il suo intelletto si attivasse. Guardò il Presidente con curiosità, comunicandogli quella giovialità che era sua caratteristica, ispirandolo con fiducia e invitandolo al dialogo.

Il presidente credeva di sentire una voce in ogni battito del suo cervello che annunciava:

Ascoltalo. Stai davanti all'unico uomo sincero. Non viene a farti del male. Ascoltalo ... "

"Dici, signore...

Andro.

Andro. Lei dice, signor Andros.

Plumbia sospirò. Fino a quel momento, non aveva nemmeno osato muovere un singolo muscolo del suo corpo. Era rimasta rigida, incapace persino di respirare.

«È, signor presidente, quella libertà che lei proclama... È condizionata dalle macchine. Macchine che sono state programmate dall'uomo e quindi rispondono solo a ciò che è stato loro insegnato a rispondere.

"Questo è logico, signor Andros", ha commentato il presidente.

"Sì, ma è necessario rinnovarli, riprogrammarli, dar loro una vita propria affinché siano macchine pensanti" da sole".

"Non è possibile. I miei tecnici...

"I suoi tecnici, signor Presidente, sono in ritardo...

Posso dimostrartelo se mi permetti di correggere alcuni piccoli bug. Non è un grande compito che ha solo bisogno di essere svuotato dagli errori, quindi da se stessi; ci diranno quanto sono intelligenti i loro ingegneri. È nullo... Beh, ma non è colpa sua, signor Presidente, ho intenzione di fare la revisione. È questione di poco tempo.

E tu otterresti la macchina perfetta?

"Più perfetto di adesso.

"Questo significherebbe un cambiamento molto marcato.

"Vale la pena considerare tutti i cambiamenti che tendono alla perfezione.

"La perfezione hai detto?

«Sì, signor presidente.

"Le nostre macchine sono perfette. Non commettono errori.

"Non sono d'accordo con lei, signore. Li commettono.

"Beh, diciamocelo, neanche noi siamo perfetti.

«E non le piacerebbe vivere in un mondo perfetto, signor presidente? Andros sorrise, sempre in controllo della situazione.

"A chi non piacerebbe?

"Non ci sarebbero guerre perché i computer non avrebbero l'opportunità di esporre insurrezioni, o possibili attacchi... E non li denuncerebbero perché gli esseri vivrebbero felici... E questo è possibile. Il pianeta ReFoundation è ricco e c'è lavoro per tutti, un lavoro razionale e pagato con equità. L'invidia finirebbe. Invidie in generale. Non mancherebbero i casi isolati, ma i loro computer saprebbero applicare la giusta punizione, senza violenza. Le punizioni dovrebbero essere esemplari, ma non violente.

"Quello che dici, Andros, è meraviglioso. Ne discuterò con i miei consiglieri.

"Hai fiducia in loro?

"Sì.

"Sig. Presidente, mi passi un file personale.

" Me?

"Per tornare quando ordini.

"Oh sì sì...! Lasciami qualche giorno. Ti darò quel gettone. Ne vuoi due?

"No. La presenza del mio compagno non sarà più incassata.

Lo guardò quasi supplichevole. Era affascinato da tutto questo.

"Bene bene; sparpagliati in due. Penso che le piaccia stare in sua presenza.

Il presidente sorrise.

"Non mancherebbe di più. Mi piaci, signor Andros. Mi piace un sacco.

Poi, uscendo dal quartier generale presidenziale, sospirò e, guardando Andros, mormorò:

"Come...? Come ci sei riuscito? È... è davvero incredibile... avevo sempre pensato che il presidente fosse un despota e...

«Può darsi che lo sia stato, Plumbia, perché nessuno può avergli insegnato a essere migliore.

"Oh Andros! Tu sei... tu sei...

"Io sono un essere normale, Plumbia... Meno di così..." In quel momento pensava di non essere altro che un essere punito, bandito dal suo habitat, un condannato da una civiltà superiore.

"Ma, non vedi? Se riesci a cambiare l'intero sistema, non avremo mai più problemi

* * *

Cominciavano i problemi. Hanno iniziato nella città per milionari chiamata Gondola.

CAPITOLO XIV

Jonnasson, il caposquadra dell'agricoltore e uomo d'affari Allton, assassinato da Hugo, non era stato reintegrato nella sua posizione. Era già coperto e d'altronde il dubbio persisteva nella famiglia del defunto.

Jonnasson non voleva elemosinare un lavoro, e si sentiva amareggiato anche per gli oltraggi che aveva ricevuto, le torture. È diventato un elemento in più contro la situazione e contro l'ingiustizia.

Fu il caso o l'incatenamento del destino degli esseri della ReFoundation a portarlo in Gondola. Avevo dei risparmi. Perché non vivere come un potente?

Quando i soldi sono finiti, aveva già un piano. Gli altri non hanno rubato? Così potrebbe.

Indossava le sue cose migliori, anche se non poteva farlo; simulare il suo status di idiota.

Nelle vicinanze di quella sontuosa residenza odiava ancor di più la vita condotta da coloro che fingeva di imitare.

Ricordò le parole pronunciate dalla figlia di Allton.

"Scusa Jonnasson, non potevo convivere con il dubbio. Ti hanno liberato, ma mio padre è ancora morto.

Era il peggior insulto che avesse mai ricevuto.

"Non preoccuparti, non mi vedrai più. Adesso tocca a me, per tutto quello che non ho vissuto.

Raccolse le sue cose e ascoltò gli annunci su un trasmettitore, sempre la maledetta pubblicità.

"I privilegiati visitano il meglio e vivono meglio in Gondola."

Perché non essere privilegiato? Pensò, ed era questo che lo aveva portato qui.

E ora stava passeggiando nei pressi di quella spa per milionari.

Gli occhi delle guardie, gialli e neri, lo guardavano e anche mille rilevatori lo guardavano, lo spogliarono interiormente.

E Jonnasson sentiva crescere il suo odio.

"Andrò lì dentro. Entro..." si disse.

Ciò è accaduto contemporaneamente al ritorno di Andros e Plumbia in città.

Il fratello di Plumbia informò Andros del messaggio ricevuto da Sandor:

"Hanno bisogno di te. Dicono che puoi aiutarli... ho già deciso di andare anche io, ma prima devo parlare con gli amici così sono preparati.

"Non farlo! "Esclamò sua sorella." Non farlo ancora

"Perché? Si stanno preparando. Non hanno mezzi, ma hanno intenzione di ottenerli.

"Tua sorella ha ragione" disse l'uomo di un altro pianeta. Credo che tutto possa essere risolto senza combattere.

"È impossibile!

Plumbia sorrise. «Se avessi visto il presidente...

"Ma... sei riuscito a parlare con il Presidente?

"Sì, ce l'abbiamo fatta" sbottò eccitata. Andros sa come convincere le persone.

Andro ha sostenuto:

"Fammi parlare con Sandor. Mettimi in contatto con lui, è necessario chiedere loro di aspettare un po'.

"Beh, se pensi che il presidente ti abbia preso sul serio...

"Oh! Non saresti così sarcastico se fossi stato presente all'intervista, fratello" esclamò Plumbia.

"Quindi, se Andros è stato in grado di convincerlo. Cosa c'è da aspettarsi? chiese Tombler.

"Non possiamo pretendere. Devi seguire le regole. Sarà per poco tempo" ha precisato Andros.

"In questo caso...

La notizia iniziò, alimentò l'entusiasmo di Plumbia, quando la voce dal "cervello" annunciò:

"Oggi il Presidente ha convocato un Consiglio straordinario per proporre serie riforme per il consolidamento della pace in tutto il nostro pianeta.

"Allora... è vero! "Esclamò il fratello della ragazza, già partecipe dello stesso ottimismo.

"Certo che è vero!

"Sei straordinario, Andros! Ti metterò in contatto con i "liberatori". Sandor sarà contento.

* * *

In quei momenti Jonnasson vide tra la gente un volto familiare. Era un uomo che vagava stancamente tra i laghetti e i giardini. Un uomo il cui volto non era mai stato cancellato dalla sua mente.

L'uomo era Hugo.

"È lui! Esclamò.

Alcuni dei camerieri lo sentirono urlare e volsero gli occhi dove stava guardando Jonnasson.

«È l'assassino del signor Allton! All'estero!

Le loro voci erano state rilevate dai dispositivi che proteggevano l'edificio, dalle guardie che brulicavano nei dintorni e soprattutto dagli impiegati, anche se avevano imparato a fare orecchie da mercante a ciò che sentivano.

«È l'assassino! E la voce tonante di Jonnasson suonava come nei suoi giorni da caposquadra. Tornato nell'enorme piantagione di Allton, era ancora qualcuno di cui fidarsi.

Anche Hugo aveva sentito l'accusa, ed era anche consapevole della mole imponente del caposquadra.

Hugo vide come alcuni uomini avanzavano tra la clientela delle terme di cui poteva intuire le intenzioni. Era la guardia!

Non aveva la prudenza che ci si poteva aspettare dalla sua condizione superiore e voleva nascondersi tra la gente, scappare.

Il capo della guardia ha chiesto informazioni tramite il suo radiorilevatore.

"Sospetto omicida alle terme. Descrizione, Descrizione...

I rilevatori, allertati dalla sala di controllo, hanno rivolto tutta la loro attenzione a Hugo.

"Nessuna risposta, nessuna risposta. Uomo non identificato. Senza risposta.

Com'era possibile che qualcuno, qualunque fosse la sua condizione, non potesse essere identificato?

"Allarme, allerta... Chiarire l'identificazione" chiese il capo della guardia.

Un piccolo ronzio annunciò che i controlli erano pieni, ma l'identificazione era impossibile.

"Le loro cellule non rispondono. La sua traccia è definita "annunciato il rapporto.

"Cerca il sentiero e dai istruzioni. Non possiamo fare un passo sbagliato su questo sito" ha chiesto il capo.

Hugo si allontanò verso la parte meno affollata del lago, sempre seguito a ruota dalla guardia e scrutato dalle macchine.

La verifica era in corso sui computer della cabina di regia delle terme.

Improvvisamente il capo della guardia ha dato la notizia.

«Il sospetto manca di identificazione e di traccia normale. Prova registrata. Questo è un assassino, ladro e assassino di armi laser. ente nazionale federale.

Era stato identificato con procedure diverse. ma finalmente identificato!

Bastava che il capo emettesse il mandato d'arresto immediato.

"Attaccalo! Spara se necessario.

Hugo si rese conto che non aveva più scampo. Ma non aveva dimenticato l'arma laser che gli aveva dato risultati così buoni nell'ente nazionale federale da impadronirsi dei milioni e l'ha usata.

"Ha un laser", gridò qualcuno.

"Fuoco! Ordinò il capo.

Ora la caccia era all'ultimo sangue.

Lo spiegamento delle forze dava un'idea di come i potenti fossero protetti da possibili falsari, da probabili ladri, da indesiderabili di ogni genere.

Presto continuò a sparare con il suo laser mentre indietreggiava.

La sua arma era piccola, ma efficace.

"Non so che carico abbia", si disse, pensava che se avesse finito il carico avrebbero finito per colpirlo.

Senza esitazione si gettò nello stagno.

Ha nuotato sott'acqua. Ha nuotato molto più a lungo di quanto una ReFoundation avrebbe potuto sopportare.

La guardia ha continuato ad aprire il fuoco e il capo, di fronte al ritardo di Hugo nell'andare, ha dichiarato:

"Sarà morto... chiederò conferma.

Nel frattempo, Hugo aveva già fatto molta strada, e aveva anche capito, proprio come aveva fatto prima Andros, i sistemi di rilevamento e il modo per aggirarli.

"Non mi troveranno", ha assicurato.

Sui suoi vestiti aveva degli ornamenti metallici, tanto da metterli nei punti chiave della sua persona ed entrare in un veicolo metallico.

Ha iniziato a correre.

I rilevatori hanno fornito informazioni.

"Il soggetto è ancora vivo. Il soggetto è ancora vivo...

"Intorno al lago! Ordinò il capo.

Hugo sapeva che il campo degli elicotteri da diporto era vicino e continuò a correre. La loro forza era superiore a quella di ReFoundation e questo era un altro notevole vantaggio.

Arrivò sul campo e si stabilì in uno dei dispositivi.

"Ehi!" Gridò uno degli impiegati." Dammi la tua prova!

La ricevuta fornita da Hugo era un fulmine laser.

Quindi, chiudendo lo sportello, ha applicato la placca metallica che portava nella mano sinistra a uno dei comandi del dispositivo. Metallo contro metallo.

Il rilevatore ha perso il controllo su di lui. Hugo sorrise mentre avviava l'elicottero e si allontanava dopo aver superato in astuzia i suoi seguaci.

CAPITOLO XV

A casa dei Tombler, il fratello di Plumbia, dopo aver preso contatto con Sandor, chiamò l'uomo da un altro pianeta.

"Dai, adesso puoi dargli la notizia" disse.

Andros parlò e spiegò vagamente il suo piano.

"Sicuramente non ci sarà bisogno di nessun attacco. Attesa. È questione di poco tempo. Attendo notizie dal Presidente.

"Si tratta di ciò che hanno riportato di recente? chiese Sandor.

Plumbia non riuscì a trattenersi e anticipò Andros.

"Sì, Sandor. E ha ottenuto tutto da solo. Il presidente è d'accordo e cambieranno l'intero sistema di cervelli e computer ...

"Va bene, va bene, Plumbia. Lascia indossare Andros, per favore" ha risposto Sandor.

Di nuovo parlò l'uomo di un altro pianeta.

"È vero. L'attesa sarà breve. Non fare nulla.

" In attesa! Wender vuole dirti qualcosa. È il capo di uno dei gruppi di coordinamento.

La voce di Wender arrivò attraverso il ricevitore.

"Vorrei incontrarti un giorno, Andros, mi hanno parlato di te. Qui ci fidiamo tutti. Nessuno vuole spargimenti di sangue, ma se qualcosa va storto, vieni con noi.

"Beh, non credo che fallirà. Va tutto bene per ora.

Tuttavia, appena ebbe finito di dirlo, ebbe una sensazione, un presentimento.

"Addio, Andros. Fortunato!

Andros rispose meccanicamente:

"La fortuna non... esiste..." ma interiormente pensava che sul pianeta ReFoundation la fortuna fosse un fattore importante in molte delle vicissitudini e dei destini dei suoi abitanti.

Quella premonizione continuò.

Il suo cambiamento di espressione fu così impercettibile che i Tomblers non se ne accorsero.

Il pensiero, il suo pensiero, lo portò vicino alla sede presidenziale.

Come mai? Era qualcosa che non poteva vedere di persona.

* * *

E non stava succedendo assolutamente nulla al quartier generale presidenziale. Tutto era calmo, e il Presidente, all'interno, incontrava ancora i suoi consiglieri in seduta straordinaria.

Hanno discusso.

«Quello che propone, signore, è qualcosa di troppo serio. Riuscite a immaginare le conseguenze che possono derivarne?

"Se ci sono stati errori, saranno esposti. Dove sarà la nostra politica?

Un'altra voce ha affermato:

"Ci creeremo discredito.

Il presidente era salvo. Esitò a quelle parole, ma il ricordo della voce suadente di Andros lo tenne fermo.

"Ogni responsabilità che affronto direttamente. E qualunque cosa accada, varrà la pena fare libertà e pace più che parole volgari.

"Questo è molto buono in teoria, signore" sorrise il ministro della Difesa della White ReFoundation, e la sua voce era come sempre carica di sarcasmo. Almeno non ci chiamavano criminali quando i nostri antenati accettavano di porre fine alle guerre una volta per tutte, annientando tutti coloro che erano contrari ai nostri interessi. Era finita. Una volta eravamo criminali, ma ne è valsa la pena.

"Non perdono questa lingua, Protor! Quello che è stato fatto non è mai stato a scopo di lucro", ha sbottato il presidente.

"Ah! No signore? Allora avremmo potuto distribuire la ricchezza, collaborare davvero all'ingrandimento dei cantoni più sottosviluppati.

"Quello che ha appena detto Protor è ancora più serio. Ci fa ammettere a tutti che stiamo sbagliando, e quindi è d'accordo con i "liberatori".

"No signore. Al contrario! C'era solo un modo per tutti noi di vivere male, ed era dividere il pianeta. Solo una parte poteva vivere in modo opulento. Perché dovremmo stare in uno degli altri tre quarti?

Un altro consigliere ha confermato:

"Protor ha ragione. Solo in quell'occasione si è tenuto conto del bene della nostra razza. È quello che avrebbe fatto qualsiasi sovrano di altre razze. È un peccato che ci siano tre quarti del pianeta in uno stato, diciamo...

"Di fame" ha contribuito a precisare il ministro Protor.

"Cioè... è molto deplorevole; ma la domanda era loro o noi.

"Perciò" sorrise Protor", cercare una revisione sarebbe quanto ricominciare da capo... Il nostro motto non è il miglioramento continuo? Beh, siamo già i primi. Perché tornare indietro?

C'era silenzio.

Nessuno era troppo soddisfatto, ma in fondo dovevano stare con Protor, che sosteneva la continuazione del sistema.

Il presidente ruppe il silenzio.

"Fammi pensare... Parlerò con quell'uomo.

"Che uomo? ha chiesto Protor, e tutti erano ansiosi di sapere quale persona era stata in grado di influenzare il presidente.

"Il suo nome è Andros. Sicuramente se l'hanno sentito... Sì, lo convocherò. Proprio adesso. Signori! La seduta riprenderà domani.

* * *

Nel frattempo, Hugo era ancora nell'elicottero a reazione, anche se senza costringerlo a partire. Poteva sentire le notizie sui "canali di discussione".

Davano notizie che lo riguardavano.

"" L'assassino e ladro dell'"Ente nazionale federale" è stato localizzato. Scoperto in Gondola è stato messo alle strette dalla guardia e i rilevatori ne hanno annunciato la morte. La nostra guardia si è ancora una volta coperta di gloria. "

Hugo rise di cuore.

"Coperto di gloria! Ti prenderò in giro. Devo fare qualcosa perché il pianeta si ricordi di me. Maledetti scarafaggi! Saprai cosa significa avere a che fare con un essere superiore. Sì... devo lasciare il mio nome scritto ovunque così nessuno lo dimenticherà...

Poi la trasmissione ha riportato l'incontro del presidente.

"«Domani ci sarà un nuovo incontro! Si prevede di convocare un nuovo elemento chiamato Andros che a quanto pare ha antenati con il nostro presidente, il quale assicura che ... »

Andro! "Esclamò Hugo, interrompendo la comunicazione." Andro e il Presidente! Che cosa sta combinando quell'idiota? Hmm... Whoa, whoa! Se fa amicizia con il capo... Perché non farlo da solo? Ho gli stessi mezzi... Cioè... Guarda, guarda le guardie!

E Hugo si diresse alla sede presidenziale.

* * *

Quell'informazione che aveva raggiunto l'intero paese, fu ascoltata anche dal professor Kannen che non aveva dimenticato.

Andro! Non dimenticherò mai quel nome. Potrebbe essere la stessa persona...

E Kannen contattò il capo della guardia del suo settore, al quale aveva denunciato Andros.

Con i sistemi difensivi di ReFoundation, la polizia è stata rapida a muoversi.

In linea di principio doveva avvertire la sede presidenziale e chiedere l'affiliazione di Andros.

Sia Kannen che la guardia sapevano che ad Andros mancava una targhetta. Le informazioni sono state quindi richieste al "cervello centrale", che ha trasmesso i dati all'ufficio pre-presidenziale.

I responsabili delle diverse sezioni attendevano il trattamento dei dati.

"Rimani in contatto.

"Questo è il quartier generale della Guardia! Aspettiamo novità...!

"Sede presidenziale in ascolto.

"Attendiamo notizie dall'ufficio pre-presidenziale.

E i controlli hanno continuato a funzionare. I dati sono stati trasmessi automaticamente in lontananza.

La risposta definitiva non tardò ad apparire:

Andro. Senza più dati. Nessuna identificazione. È lo stesso elemento. E la lunga striscia luminosa trasmetteva lo stesso messaggio-risposta: Andros. Senza ulteriori informazioni... »

Al comando della Guardia, lo stesso comandante supremo chiese via radio:

"Dammi il presidente. È urgente. Molto urgente.

CAPITOLO XVI

Poche volte una storia aveva tanto smosso l'opinione pubblica quanto quella trasmessa per tutta la notte.

Lo sconcerto era generale. Alla sede presidenziale non fornirono rapporti per il parere, ma i notiziari diffondono costantemente l'impostura di Andros e i programmatori, debitamente preparati, aggiunsero:

"I membri dell'organizzazione dei "liberatori" sono: riusciti a entrare nella sede presidenziale, attraverso procedure sconosciute. Non possiamo accusare i nostri "cervelli" di fallimento, poiché loro stessi hanno lanciato l'allarme, il che dimostra la bontà dei nostri sistemi. Al momento manca la ricerca e la cattura di quel pericoloso Andros che, insistiamo, non può che essere un membro spia dell'organizzazione dei "liberatori".

E a casa Tombler la notizia era caduta come una bomba.

Cosa può essere successo? si chiese Plumbia.

"Questo non poteva andare bene" si lamentò suo fratello.

"Non lo so... Anche se pronunciando il mio nome il professor Kannen potrebbe...

La memoria e lo spirito di deduzione di Andros continuarono a funzionare perfettamente.

«Ma non potrai tornare là.

"Posso tornare indietro. Potrei una volta... sono sicuro che se potrò parlare durante una delle sessioni raggiungerò il mio obiettivo.

"È troppo rischioso" ha avvertito Plumbia,

"Mia sorella ha ragione. Lascialo da solo. Hai fatto abbastanza.

"Ora vi ho impegnati tutti. Non vedi? Sulla carta, il Presidente ha messo l'indirizzo di questa casa.

"È vero! Come non sono venuti? Esclamò Plumbia. "Perché mi mancano ancora i dati e il fascicolo del Presidente è personale. Se riescono a convincerti, si presenteranno qui. Davvero non porto molta fortuna.

"Non dire questo, Andros" mormorò la giovane donna. Aiuti tutti disinteressatamente.

"Sarà perché l'ho sempre imparato così. Ma non ho finito. Ti assicuro che domani ci andrò. Devi andare adesso. Vai con Sandor. Sarai più sicuro.

"No! Protestò Plumbia. Ho un pegno. Non mi hanno accusato. Forse può anche esserti utile. Verrò. Verrò con te. "E io" decise il fratello di Plumbia.

«No. Il token possiede lei, è vero. Solo se la trovano qui la arrestano, a meno che non sia il presidente in persona a denunciarla. Dovremo ascoltare.

Il fratello insistette ancora per volerli accompagnare, ma Andros rifiutò categoricamente. Gli ultimi rapporti sono stati deludenti:

"Il Presidente ha fornito il fascicolo Andros per il completo chiarimento dei fatti. Si spera che la sua posizione e cattura non tarderanno ad arrivare.

Andro ha commentato:

"Ora è quando dobbiamo andare. Non c'è tempo da perdere. Le sirene delle auto della polizia non si sono fatte sentire.

* * *

La stessa notizia era stata appresa dal gruppo di Wender, che esclamava:

«Comunica con Andros, Sandor. Ora ha bisogno di aiuto e noi abbiamo bisogno di lui. Se è necessario iniziare l'attacco finale prima del previsto. lo faremo.

E uno degli insegnanti ha riferito:

"Sarebbe un buon momento. C'è molta confusione. Comunica con quell'uomo. Localizzalo.

* * *

In quel momento, l'elicottero di Hugo stava già sorvolando la sede presidenziale.

I rilevatori stavano lavorando per identificare chi stava sorvolando la zona proibita.

Hugo fece lanciare il dispositivo verso la cupola del grande edificio. Aveva la sua arma laser pronta.

"Questo sarà il mio primo trucco" si disse ad alta voce.

I rilevatori non trasmettevano alcun dato.

A quel tempo nessuno pensava a controllare dati, o tracce e qualcuno in mezzo alla confusione che regnava per l'audacia del pilota accennava:

"Può essere solo Andros. Sa che il suo trucco è andato storto e ora sta attaccando il presidente.

"Sono Andro! Altri affermavano con maggiore enfasi.

"Lui è il dannato 'liberatore'. Devi abbatterlo.

"Non ora! È troppo vicino alla cupola. Sta per schiantarsi!

Ma Hugo era un pilota troppo bravo per schiantarsi e sapeva come rallentare in tempo e nello stesso momento avrebbe aperto uno dei vetri di sicurezza per sparare il laser sulla cupola.

"Sta attaccando!

Hugo aveva già giocato il suo tiro e se ne stava andando con tutta la potenza che i reattori del jet gli consentivano.

La persecuzione fu immediata. La base difensiva del quartier generale presidenziale è stata messa in moto.

Allo stesso tempo le stazioni hanno annunciato:

"Attacco dei ribelli contro la sede presidenziale! E al quartier generale dei "liberatori", Wender mormorò:

"Cosa aspettare? Ci dà la linea guida da seguire.

"Sì, Wender" confermò Sandor. Non possiamo lasciarti solo.

"È un buon momento" ripeté l'insegnante. Ha monopolizzato tutte le forze. Il nostro obiettivo deve essere lo stesso, padroneggiare il cervello centrale; se ci riusciamo, le forze dell'ingiustizia presidenziale saranno indebolite.

Da parte sua, e mentre Andros viaggiava con l'auto Tombler, con a bordo i due fratelli, dopo aver appreso la notizia, pensò al nome dell'autore:

"Hugo. Era lui.

I Tomblers non hanno capito assolutamente nulla.

"Non è possibile che fossero confusi. Non lo sei stato. Perché non individuano il vero colpevole, Andros? Hanno intenzione di accusarti per metterti tutti contro.

"No. Non sono loro, Plumbia. So chi è. E questa faccenda solo io posso risolverla. E dovrò farlo. Mio malgrado dovrò. Ho bisogno di un'altra macchina. Devi continuare fino a dove Sandor e i liberatori sono Spiega cosa succede.

"Verremo con te", disse il fratello di Plumbia.

"Non ora. È troppo pericoloso.

"Hai bisogno di una macchina e abbiamo solo questa.

"Scusa! Ne ruberò uno... devo... usare i mezzi di questo pianeta. La causa è giusta.

Ha fermato l'auto davanti a un parcheggio. I Tombler erano indecisi, ma soprattutto non volevano lasciare Andros da solo. Come poteva lui da solo contro l'intera guardia?

CAPITOLO XVII

I due esuli gli andarono incontro. La loro rispettiva onda cerebrale, ognuna concentrata in quella del pianeta simile, li condusse all'inevitabile epilogo.

Hugo aveva lasciato il suo elicottero e l'aveva cambiato con un'auto, in questo modo avevano già perso di nuovo le sue tracce, perché il suo isolamento gli impediva di essere individuato. E intanto pensava ad Andros.

"Dovresti già sapere che sono stato io a organizzare quel dispiegamento di forze. Ascolti le notizie come me. Sai che ti accusano, quindi sai che io sono...

E Andro pensò:

Stai proponendo qualcosa di nefasto, Hugo. Ti credi superiore e intendi dominare il pianeta con il terrore o altro, e io lo impedirò, anche se dovessi ricorrere alla violenza. Devo usare i mezzi a mia disposizione. "

Hugo continuò con i suoi pensieri:

«Ti finirò, pilota, sei l'unico che può rovinare il mio esilio. Sì... volevi fare amicizia con il Presidente. Bene, ora sarò io quell'amico.

Ti metteranno all'angolo e ti annienteranno. Poi poi vedrò come li domino tutti. Non voglio essere perseguitato, o avere qualcuno che mi adombra. Sì. Vivrò anche con i mezzi a portata di mano. "

E Hugo proseguì in direzione del quartier generale presidenziale.

È arrivato prima del suo amico.

Mentre il veicolo si avvicinava all'ufficio pre-presidenziale, la guardia ha avvertito, dalla marcia selvaggia, che l'autista non si sarebbe fermato.

"È un nuovo attacco! "gridare o urlare.

L'arma laser di Hugo ha messo da parte i guardiani.

Gli investigatori hanno annunciato l'accaduto, ma non hanno saputo dare il nome della causa di quei crimini.

Lanciato, Hugo ha continuato la sua marcia verso l'edificio, ma prima di arrivare, un altro gruppo di guardie è uscito per tagliarlo fuori.

Hugo fece di nuovo uso della sua arma. La sua velocità e la sua eccellente precisione hanno abbattuto i difensori del seggio presidenziale.

Quasi istantaneamente è saltato fuori dall'auto e si è schiantata contro altri veicoli parcheggiati. Un contatto con la batteria elettrica ha provocato un'esplosione. Hugo ha trascinato tra le fiamme il corpo di una delle guardie.

Prima che dall'interno uscissero nuovi rinforzi, Hugo aveva gettato l'uomo nel fuoco. Le fiamme lo stavano divorando rapidamente.

Le nuove guardie hanno colpito l'area con una raffica, mentre Hugo è rimasto nascosto dietro il cornicione di una delle pareti del quartier generale.

"Nessuno! Disse una delle guardie.

"Non fidarti..." rispose un altro.

"Ecco! "Un terzo più vicino alle fiamme indicò il corpo del compagno che stava bruciando.

Non è stato possibile riconoscerlo. Il fuoco lo stava uccidendo.

"Deve essere Andros..." Il suo veicolo si è schiantato. Sì. Dobbiamo segnalare.

Erano tutti intorno al fuoco. L'ingresso è stato franco e Hugo ha approfittato dell'occasione.

Una volta dentro, gli fu facile orientarsi verso gli alloggi del Presidente.

* * *

Andros aveva preso una macchina nuova e correva a tutto gas.

Ma era ancora molto, molto lontano da superare Hugo, che sentiva essere proprio lì. Era, come sempre, la premonizione di quelli del suo pianeta.

Non poteva sentire cosa si diceva lì al quartier generale, o vedere cosa stava succedendo, ma il presentimento era terribile.

"Se potessi correre di più..." e fece pulsare freneticamente gli induttori di velocità.

Ma Hugo... Hugo era già con il presidente.

* * *

"Da dove sei entrata? Cosa significa questo?

C'erano due consiglieri che erano con lui. Uno era Protor. Hugo ha cercato di dominarli con i suoi occhi e i suoi pensieri,

"Ascoltami bene. Sono un inviato speciale del Pianeta Callisto... Non mi importa se non mi credi, farò le dimostrazioni del mio potere che ritieni appropriate; ma ora prenditi cura di me.

Lentamente era riuscito ad affermarsi.

Hugo continuò a parlare velocemente, un po' insicuro di sé. Non poteva permettersi di mettere più enfasi, parlava come se ordinasse:

"Andros, la persona che stai cercando è un fuorilegge del mio pianeta. La mia missione è catturarlo, vivo o morto. Ti interessa anche farla finita, perché dal suo arrivo ha prodotto solo disordini. Ha assassinato una guardia, ha aggredito un'Entità Nazionale... Li ha attaccati qui, al loro quartier generale e prima di tentare di ingannarli... Non è vero?

"Aspetta un minuto", intervenne Protor. Come sappiamo che sta dicendo la verità? '

"Non hai diffuso nelle tue notizie che la causa di questi crimini non lascia tracce?

"Sì, ma... Tu..." mi sono identificato. Sono un agente per il mio pianeta. Non volevo che trascendesse. Quel tipo di notizie, lo so per esperienza, che spaventano le persone. La mia missione non è la guerra per te. È una missione di servizio e spero che tu lo capisca. Tutto quello che ti chiedo è di non farti ingannare. Concentra tutta la tua guardia.

Non appena appaiono, non lasciarti dominare, finiscilo. sarò in mezzo a voi.

Protore ha annunciato:

"Questo è quello che vogliamo, finirlo. Forse conosci un mezzo più sicuro.

"L'unica sicurezza è sparare per uccidere... Se hanno i laser, focalizzali qui. So che verrà.

"Lo sa? "Il presidente ha insistito.

"Lo so. Il mio cervello, signori, con tutto il rispetto, è superiore al vostro, ha la capacità di pensare e vedere. E vedo Andros che si dirige da questa parte.

* * *

Sì, Andros ha continuato la sua marcia frenetica, una marcia che avrebbe fermato la sua morte, perché le istruzioni di Hugo venivano eseguite nonostante il fatto che le guardie riferissero:

"Quello è il veicolo di Andros... È là fuori" e il capo della guardia lo mostrò attraverso gli schermi che mettevano a fuoco il mucchio di rottami metallici con un corpo carbonizzato.

Ma ancora una volta Hugo ha salvato la situazione.

"No... era il suo stratagemma. Questo prova che non sta arrivando, ma che è già qui. Si nasconde da qualche parte. Sì. Lo vedo... non lo so bene, ma è in un luogo oscuro Vicino all'acqua ... lo vedo.

Il suo dominio sugli altri gli ha permesso di continuare a rimanere dominante, nonostante piccole perplessità e dubbi. Forse la sua influenza era inferiore a quella di Andros o forse c'era più insicurezza nelle sue parole dal dover continuamente improvvisare, cercare scuse e mentire.

Alla guardia è stato ordinato di effettuare una perquisizione. Andros si stava avvicinando sempre di più.

CAPITOLO XVIII

Gruppi di commando avevano i loro dirigibili pronti per la marcia. A seguito di furto o materiale di scarto avevano ottenuto una piccola flotta di dispositivi che era già stata messa alla prova in missioni di addestramento.

Sandor vedendo quello completo delle persone ha dovuto ammettere:

"Non pensavo che foste così tanti di voi...

"Ci sono più malcontenti di quanto molti immaginino. E ne avremmo di più se non fosse che alcuni per paura, altri per codardia e i più per comodità, preferiscono che altri combattano per loro. Ma non importa.

"Anch'io voglio combattere, per la libertà e per l'uomo che mi ha salvato la vita. Dà l'esempio a tutti, senza cercare né chiedere nulla in cambio.

"Va tutto bene, Sandor. Farai parte di un equipaggio aereo. Non sei addestrato a combattere a terra. Mi incontrerò con gli altri capi! Partiremo subito.

Il nuovo giorno stava sorgendo.

Ciò che Andros aveva voluto impedire a tutti i costi, seguendo l'esempio e il sistema del suo pianeta, era già inevitabile, poiché sembrava anche che potesse salvarle la vita.

Era già molto vicino alla sede presidenziale.

La tua intuizione. La sua premonizione gli disse del pericolo. Ma doveva andare avanti. Era necessario che continuasse.

I commando ribelli erano in marcia. Piccole auto, jet e persino una vecchia nave commerciale opportunamente sistemata decollarono dai campi in direzione della capitale della White ReFoundation dell'Impero.

Presto sarebbe iniziata una guerra impari, ma i "liberatori" avevano il fattore sorpresa e si affidavano anche alla fortuna.

* * *

Andros era molto vicino al controllo dell'ufficio presidenziale.

Fermò la macchina e guardò nel vialetto.

Non c'era una sola guardia e che avrebbe mancato il più fiducioso.

Andros "sapeva" positivamente che si trattava di una trappola. Scese dal veicolo e fece qualche passo, sempre guardando avanti. Tutto era uguale. Silenzioso. Solitario. La luce del giorno gli permetteva di vedere il panorama con quella strana chiarezza mattutina, tipica del pianeta.

Tirò fuori la sua radio, la radio che gli avevano dato i Tombler, e l'accese. Continuando a camminare, parlò attraverso di lei.

Andros, chiamando il presidente. Ho bisogno di un colloquio urgente. Mi avvicino alla sede. Chiedo il permesso di entrare.

Ha dovuto ripetere il suo discorso. Poi risuonò una voce. Credeva di aver riconosciuto il presidente in persona.

"Vai avanti, Andros. Nessuno lo ostacolerà,

Troppo presto perché il presidente lo aspetti.

Poi lasciò andare la sua premonizione, come se fosse certo di quello che stava dicendo.

"Voglio parlare con Hugo. So che è qui.

Non c'era risposta.

"Hugo è un mio partner. So che è qui.

La risposta non corrispondeva alla domanda:

"Vai avanti, Andros. Hai un percorso chiaro.

Si stava avvicinando ai monoliti che sembravano mute sentinelle che scortavano l'ampio sentiero. Passò in mezzo a loro finché non fu quasi l'ultimo. Era il più vicino all'ufficio pre-presidenziale, poi è arrivato il percorso chiaro, dove era impossibile nascondersi.

Nascosto dietro il monolite, lasciò passare il tempo aspettando di vedere qualcosa. E ha avuto modo di vederlo. Gli uomini si muovevano. Tutti erano armati di armi lunghe.

Aveva perso molto tempo. Lo giudicò troppo, ma sapeva anche che il rischio non era scomparso, e si disse che era meglio non mostrare la faccia e cercare di entrare attraversando il lago.

Tornò sui suoi passi per tornare alla macchina. Poi in lontananza ha visto apparire un altro veicolo, ha aspettato lì. Il veicolo si stava avvicinando ad alta velocità. Si stava dirigendo verso di lui.

Quale nuovo pericolo lo attendeva?

Andros rimase in piedi, imperterrito. Alla fine il veicolo si è fermato. Attraverso il vetro anteriore riconobbe i suoi occupanti. Il Tombler!

"Mi hai seguito? chiese inutilmente Andros.

"Non avevamo intenzione di lasciarti in pace" fece notare il fratello di Plumbia e lei mormorò:

"È un rischio troppo grande.

"E inutile" disse il fratello. Abbiamo sentito Sandor. Stanno andando da questa parte. Stanno per attaccare!

" Non!

"Sì. Niente più li fermerà.

Naturalmente Andros non era interessato a tutto questo, tuttavia, ReFoundation era "il suo pianeta". Se voleva unirsi a lui, doveva anche combattere. Combatti per migliorarlo ma non con le armi, ma con l'intelligenza, con la manifesta superiorità del tuo cervello, dei tuoi sensi. Mai con le armi!

Fu allora che il ronzio dei jet annunciò l'avvicinarsi delle palle di fuoco e dei manufatti volanti dei ribelli.

La sirena d'allarme ha suonato in tutta la sede presidenziale. I rilevatori hanno annunciato il pericolo.

"Squadroni d'attacco!

I rilevatori hanno lavorato incessantemente, identificando i ribelli liberatori.

"Missione di sciopero!

Missione di sciopero!

La notizia arrivò al presidente e Hugo, che era ancora con le persone del quartier generale del presidente, gli venne in mente di dire:

"È un attacco congiunto. Andro lavora. Non esitare. Avrebbero dovuto dargli la caccia.

Un altro dei consiglieri della sala di controllo generale è arrivato a riferire:

"I cervelli hanno dato l'ordine di abbattere i ribelli.

"Vado alla sala di controllo", ha risposto il presidente.

In quei casi, nonostante i "cervelli" ei computer, era l'uomo che doveva avere l'ultima parola.

Pochi istanti dopo, nell'ampia sala di controllo, il Presidente osservava il cervello centrale del quartier generale. Colui che ha catturato, assorbito e trasmesso gli ordini.

Le sue indicazioni erano esatte.

"Cinquanta gradi per l'attacco... Quarantanove, quarantotto...

Cinquanta era il punto di partenza, poi i gradi sarebbero scesi fino a raggiungere lo zero. Da lì sarebbe troppo tardi.

"Cosa facciamo?" chiese Protor. Cos'è che ti fa dubitare?

"Non ho dubbi. Non esiterò mai davanti ai ribelli, ma..." c'era qualcosa di diverso nel normale atteggiamento del Presidente. Forse pensava alla necessità di una rettifica di quelle macchine di cui è stato il primo Schiavo.

Il cervello continuava a diminuire i punti.

"Quaranta gradi. Trentanove, trentotto.

"Tutti ai tuoi post" ha infine ordinato il primo presidente di ReFoundation.

"Tutto è pronto, signore. Questa è la prova che i nostri sistemi funzionano ancora perfettamente.

«Trentacinque... trentaquattro.

"Va tutto bene. Sconfiggi i ribelli.

Protor era preoccupato di dare l'ordine. E per questo è bastato premere uno dei pulsanti del cervello centrale.

Fuori dal quartier generale, Andros capì anche la necessità di evitare questa lotta.

"Guiderò la macchina, come l'altra volta," aveva offerto Plumbia.

"Ci stanno aspettando. Potrebbero non darti il tempo di identificarti.

E se guidassi? "Disse il fratello.

"Non hai un distintivo. Dai, Plumbia, devi essere tu!

"Grazie per esserti fidato di me.

"Non è fiducia, è paura di ciò che può accaderti. Non voglio che ti succeda niente.

Sorrise compiaciuta. Poi è salito in macchina e Andros ha usato lo stesso nascondiglio di prima.

In quel momento, la mano destra di Protor era accanto al pulsante.

Il cervello aveva detto: "Trentaquattro, trentatré..."

Il presidente tenne per un momento la mano del suo ministro.

"Non lasciare che inizino per primi.

"Va bene, Protore.

«" Trentadue, trenta e ... "

"... Avanti" ha concluso il Presidente.

Fuori, l'auto guidata da Plumbia sfrecciava verso il vialetto. Protor premette il pulsante. I numeri erano rossi sugli schermi dei computer.

"Azione! "Era la parola.

I capi delle postazioni di difesa strategica erano pronti. Alle basi, i petardi volanti hanno commentato di decollare. Coloro che hanno atteso l'arrivo di Andros, hanno visto l'auto. Il capo ha avvertito:

"Attenzione! Se il conducente del veicolo non si identifica, usa il laser.

CAPITOLO XIX

Una retta linea gialla attraversava il limpido cielo azzurro.

Era l'inizio della battaglia. Un raggio diretto stava cercando uno dei dispositivi.

Wender diede l'ordine:

"Procedura speciale. Mettila in pratica.

Diversi aerei hanno cercato un campo di atterraggio in quelli precedentemente scelti. Era l'operazione congiunta di cui aveva parlato Wender, attacchi in vari punti strategici.

Ma gli aerei che dovevano rimanere in volo rischiavano di essere colpiti dai raggi nemici.

Fu lì che i ribelli dimostrarono di non aver perso tempo.

Piloti ben addestrati manovravano con i loro dispositivi per evitare quei raggi, mentre al comando di Wender il:

"Fulmine!

Una leva lanciava il gas che attirava i raggi, ma andava premuta nel momento preciso per servire da esca alle traiettorie distruttive del laser

"A distanza non c'è effetto", ha spiegato Wender a Sandor.

Ora tutte le difese sparavano all'unisono. Non era solo una linea veloce che attraversava lo spazio, era una vera pioggia.

Uno dei dispositivi dei liberatori è stato abbattuto sul posto.

“Attacca, attacca! “Grida un altro dei capigruppo

Uno squadrone di palle di fuoco precipitò verso una base aerea per rifornimenti e carburante. I proiettili di gas hanno perquisito la struttura.

Una volta raggiunti gli obiettivi, c'è stata una sorda esplosione seguita da un bagliore, poi le esplosioni si sono susseguite a catena.

Contemporaneamente, sul piazzale del quartier generale presidenziale, le guardie hanno indicato il veicolo che la ragazza stava guidando.

"Il rilevatore segnala la presenza di una donna. Plumbia Tombler" indicò uno degli ufficiali.

"Cosa facciamo?" Volevo conoscere un altro dei guardiani.

"Non c'è tempo per consultare i computer, può essere una trappola. Siamo in guerra, non si possono fare concessioni.

Il cielo era ancora striato di fulmini, si stavano verificando altre esplosioni. E Andros sbirciò leggermente. Vide gli uomini pronti a lanciare il laser.

"Salta, Plumbia! Salto!

Lei obbedì all'istante.

Il capo della guardia stava per dare un ordine quando qualcuno gridò:

"È stato lanciato! Lei è davvero una donna.

Ma l'auto è stata ancora lanciata.

La sua presenza fece esitare le guardie. Qualcuno che guardava il veicolo senza fermarsi gridò:

" Attento!

"Nessuno è in esso.

L'auto si è schiantata contro il muro e Andros è saltato rapidamente mentre la batteria è esplosa. Riuscì a sbarazzarsi del fuoco che a sua volta causò nuova confusione.

"C'è un uomo!

Dai la colpa a lui! gridò il capo.

Con sorprendente agilità, Andros balzò contro la porta. Ha dovuto caricarlo ed è riuscito ad aprirlo quando diversi raggi stavano per colpirlo.

La porta, dopo aver ricevuto gli urti, ha cominciato a bruciare.

" È entrato! Qualcuno ha urlato.

"Sì! Non sparare. L'intero quartier generale brucerebbe in pochi istanti. Devi usare altri metodi.

Ma Andros stava già attraversando la grande sala principale. Conosceva l'ufficio presidenziale essendovi stato ricevuto, senza doversi guidare dal senso dell'intuizione.

Mentre stava per entrare, due uomini gli hanno bloccato la strada.

"Devi parlare con il presidente. "Li ha buttati a terra con la sua spinta, ma quando ha aperto la porta ha visto che l'ufficio era vuoto. Lo attraversò ed uscì da un'altra porta laterale. Da lì poteva andare direttamente alla sala di controllo, un cartello indicava la strada.

Dopo una prudente distanza si avvicinò alla sala di controllo.

I suoi inseguitori balzarono in piedi da dietro.

"Fermare!

La confusione si era riflessa negli schermi dei computer ausiliari.

" È lui! disse Hugo, e uscì dalla porta con la pistola.

"Hugo! esclamò Andros. Era tra due fuochi e non esitò a lanciarsi contro il suolo mentre Hugo sparava senza esitazione con il suo laser.

Il raggio continuo raggiungeva i guardiani.

"Nerd! Smettila! Esclamò il capo della guardia. Le pareti metalliche furono trafitte, mentre una fiamma bluastra iniziò a consumarle.

Ornamenti di altri materiali sono stati sparati dalle fiamme, che si stavano diffondendo.

Per Andros era giunta l'ora suprema. Si è alzato per saltare su Hugo, quando ha rivolto il laser verso il suo ex compagno e ora acerrimo nemico.

Ma poi la pistola ha smesso di funzionare. Il fardello che Hugo aveva tanto temuto era finito in quel momento. Quando se ne accorse, Andros era già su di lui, abbattendolo nel suo assalto.

Forti entrambi, lo scontro che ebbe luogo fu titanico. Nessuno dei due lasciò andare l'altro.

Il presidente ei suoi collaboratori erano usciti per osservare la lotta.

"Finisci con loro! "Ordinato Protor." Dopotutto, sono stranieri.

Il capo della guardia stava per eseguire l'ordine.

Ma il presidente e gli altri erano ancora indietro.

"State indietro, signore! Potrebbe raggiungerlo" esclamò il capo incaricato della doppia esecuzione.

"Usa questo! È meno pericoloso del laser! "E lo stesso Protor ha fornito un altro tipo di arma, sempre a pistola, ma con raggi concentrati, corti e precisi.

Intanto le esplosioni smorzate continuavano a fare da sottofondo sotto un cielo completamente ingiallito da fulmini ed esplosioni.

Tutto stava accadendo in un lampo.

E Andros voleva porre fine a quella battaglia, voleva, ma...

Il capo stava per sparare.

Andros riuscì finalmente a allontanare da sé il rivale e lo colpì con l'avambraccio, un colpo tremendo che nessuno dei presenti gli aveva mai visto infliggere.

Hugo vacillò. È stato il momento in cui il boss ha sparato. Hugo ricevette due colpi precisi e cadde all'indietro. I suoi occhi divennero vitrei sul posto, mentre Andros correva verso il cervello.

"Fallo fuori! gridò Protore.

"Devo dare l'ordine di fermare questo omicidio" esclamò a sua volta Andros.

Ma il capo della guardia stava andando all'inseguimento, ha iniziato a sparare quando Protor si è messo in mezzo.

Altri due colpi hanno trovato il loro obiettivo. Questa volta un bersaglio inaspettato e Protor, il consigliere di guerra, il sarcastico ministro del governo presidenziale cadde a terra.

Andros era alla lavagna e stava premendo i pulsanti.

"Aspetta! "Gridò il presidente, impedendo al capo di sparare ad Andros." Vuole finire questo. Non vuole la guerra, e mi piacerebbe sapere perché... Mi stava parlando ieri. Io non Non so chi di loro ha ragione, lui o quello che è morto, ma voglio saperlo.

"Attento, signore! Potrebbe essere pericoloso.

Andros avanzò verso di loro.

"Presidente, rettifica il cervello. Ordinagli di cessare. Parlerò con i ribelli.

«È troppo tardi, Andros. Questo cervello non può essere fermato. Solo quando i nemici della White ReFoundation saranno apparsi, ordinerà lui stesso la cessazione.

«Allora distruggilo, presidente. Non permettere che una carneficina assicuri la pace. Non è così che ti assicuri...

"Non puoi tornare indietro. Distruggerebbe un intero sistema.

"Distruggilo se quel sistema è nefasto! Ieri era con me! Andare! Distruggilo!

Le onde cerebrali di Andros stavano funzionando di nuovo a pieno ritmo, e il presidente si avvicinò lentamente al tabellone.

Parla con loro, Andros. Parla con i ribelli... Usa il trasmettitore generale" e indica il suo posto tra i vari strumenti.

"Attenzione attenzione! Ti parla, Andros! Ferma la lotta! Il Presidente sta per distruggere il cervello centrale! Mi senti Ferma la lotta!

Il presidente aprì un cassetto del tavolo di metallo e tirò fuori un piccolo revolver laser.

"Non ascoltarlo!" Gridò uno dei consiglieri. "Non farti dominare da uno sconosciuto. Il nostro impero è sempre stato il più grande, il più forte. Gli altri sono solo vassalli...

Il presidente esitò. Andros gli si avvicinò.

"Sei il capo. Sei responsabile... Dai!

"State indietro, signore! Gridò quello che aveva cercato di dissuadere il presidente.

Ha provato a sparare su Andros. Il presidente ha urlato:

"No! In attesa!

"Vai, vai! Sarà ritenuto responsabile nei confronti della storia", ha istigato Andros. "Rettifica, è ancora tempo.

Il presidente voleva farlo, ma al di sopra del predominio di Andros c'era anche il suo orgoglio di essere il primo presidente della nazione più potente.

Andros non voleva che passasse altro tempo e cercò di strappare l'arma al presidente.

Ci riuscì e si voltò verso la scrivania.

"No! Lo farò!" decise infine il presidente.

Era tardi, perché il consigliere aveva già sparato. Voleva farlo ad Andros, ma il presidente, nella sua ansia di recuperare la pistola, ha ricevuto l'impatto.

La morte del presidente ha riempito di costernazione i presenti. Nessuno sapeva cosa fare.

"Accidenti! Accidenti a quelli che capiscono solo la violenza! Accidenti!

E rivolse la pistola contro il cruscotto e spruzzò il laser a piacimento. Tutto ha iniziato a bruciare rapidamente. Poi si voltò verso gli altri e sparò a terra.

"Fuori! Fuori! Sto impazzendo su questo fottuto pianeta!

Le fiamme si sono propagate rapidamente mentre le strutture cerebrali e le macchine ausiliarie hanno iniziato a esplodere, in una catena.

Il fumo rendeva difficile vedere. Era una barriera densa quasi compatta.

Se qualcuno pensava di annientare Andros, non lo faceva o perché era stato nascosto dal fumo, o perché i più pensavano solo a fuggire ea salvarsi la pelle in mezzo al fuoco.

Visto dall'esterno, lo spettacolo offriva una tragica bellezza, soprattutto quando le pareti di metallo o di vetro si scioglievano o scoppiavano.

La sede del governo più potente di ReFoundation stava crollando.

Solo una donna. Plumbia pensò all'uomo ancora dentro:

Andro! Sta per morire!

Nel caos era arrivato il fratello della ragazza.

"On off, Plumbia... È pericoloso. Cercherò di tirarlo fuori di lì.

E lì dentro il fuoco c'era Andros, l'uomo che aveva sostenuto la non violenza, seguendo gli insegnamenti della sua abitazione.

Per lui, però, c'è stata una sola vittoria. La cessazione di quella guerra assurda. Sì, perché attraverso la cupola sprofondata poteva rivedere un cielo limpido. Nessun fulmine ad offuscarlo.

I combattimenti erano cessati.

I combattimenti erano cessati, sì, ma il quartier generale continuava a bruciare.

Andro! Andro! La voce del fratello di Plumbia risuonò.

EPILOGO

Tutto era crollato. Non c'era la minima traccia di quel quartier generale che ora era oggetto di uno straordinario assembramento di curiosi che si chiedevano cosa sarebbe successo dopo.

I dignitari intermedi si erano radunati lì e stavano già iniziando a pianificare il futuro.

"Saranno necessari nuovi cervelli.

"Prima bisognerà eleggere il nuovo presidente.

"White ReFoundation continuerà ad essere la nazione più potente.

Dalle rovine apparvero Plumbia e suo fratello. C'erano anche Ada e Sandor.

Si sono avvicinati ai politici.

"Un uomo ha cercato di stabilire la prima giustizia" ha esordito Sandor. Un uomo che non ha mai avuto sete di potere. Voleva la pace per tutti e l'uguaglianza. Non rovinarlo di nuovo!

"Non fare piani affinché tutto continui allo stesso modo! Plumbia ha sostenuto.

"Tutto sarà fatto democraticamente! "Ha detto uno dei politici." Come è sempre stato fatto e prevarrà la volontà della maggioranza. Immagino che nessuno sarà disposto a tornare a ciò che faceva prima. La ReFoundation deve rimanere potente... Per questo voteranno i patrioti.

"Forse gli idioti... Andros non credeva nella vostra democrazia. È morto per salvarci tutti... Non capite? Il vostro sistema si basa sull'egoismo. Nel non ammettere, per orgoglio, gli errori...

E intanto Sandor diceva:

"Sta nelle tue mani non permettere che la morte di Andros sia stata vana..." Plumbia si allontanò dal gruppo, gli era parso di sentire una voce...

Aveva un trasmettitore in mano e lo accese. Era stata un'intuizione o... era la realtà?

Quello che nessuno aveva visto era quella strana palla di fuoco che attraversava il cielo. Ormai era molto, molto lontano. Era come una piccola stella invisibile durante il giorno.

Era pilotato da una donna con un passeggero: Andros

Andros lesse attraverso lo schermo ciò che il capo del suo pianeta aveva da dirgli:

«Sei stato seguito sulle tue orme attraverso quello strano e meschino pianeta. Hai saputo mostrare la tua buona disposizione. Volevi fare buon uso del tuo esilio e il Consiglio ha deciso all'unanimità di reintegrarti nei tuoi destini...».

Sì. La nave si era improvvisamente fermata vicino al lago. Capì il significato di quell'apparizione. Doveva solo aggrapparsi alla corda magnetica emersa dal veicolo spaziale per raggiungerlo.

La pilota donna, la stessa che lo condusse in esilio, mormorò:

"Hai intenzione di trasmettere quella donna?

"Sì. Voglio dire una cosa a Plumbia. È molto coraggiosa.

Fu allora che, usando la radio che aveva preso come souvenir, si collegò con lei.

E lei, Plumbia, ha sentito solo una voce lontana, ma ha capito. Capì le parole di Andros:

"Forse ci vedremo un altro giorno. Vorrei sapere se il poco che ho fatto è servito a qualcosa.

Poi la comunicazione è stata interrotta a The Distance.

E un'altra frase del capo cabina apparve sullo schermo della nave.

"Hai mostrato loro la strada, Andros. Sanno cosa devono fare per avere quella pace che volevi dare loro. Che scelgono. Ma non sperare troppo... L'hai detto. ReFoundation è un pianeta maledetto, ci sono troppe invidie, troppi falsi sentimenti. Tu da solo non potresti aggiustarlo. Potranno vivere felici quando sapranno ascoltare la voce delle loro coscienze. Non sono affari nostri, ma puoi tornare se lo desideri...

"Ha ragione", mormorò il pilota. Hai fatto per loro più di tutti i loro abitanti. Se non sanno approfittare della lezione, non è colpa tua, Andros Non è colpa tua...

E il veicolo si perdeva nell'immenso Cosmo, lontano dalla meschinità di un pianeta, di tanti pianeti le cui razze si credono superiori.

Attraverso lo schermo, Andros diede un'ultima occhiata alla cabina che era solo un punto in lontananza. Un punto insignificante perso nella Galassia.

Vista così, dall'alto, una sola domanda potrebbe adattarsi a qualsiasi mente:

Cos'è ReFoundation?

Vale la pena che qualcuno si preoccupi di creature miserabili piene di orgoglio risibile?

Sì. Perché dall'alto anche un insetto è più grande di un intero pianeta.

Ma Andros sapeva che laggiù c'erano anche persone di buona volontà.

FINE